行走中国丛书
主编◎张昌山 耿 昇

法国夫妇滇游纪行

（1902—1903）

［法］古尔德孟◎著
鲁新星 范红琼◎译

云南人民出版社

图书在版编目（CIP）数据

法国夫妇滇游纪行：1902—1903 /（法）古尔德孟著；鲁新星,范红琼译. -- 昆明：云南人民出版社,2024.
12. --（行走中国丛书）. -- ISBN 978-7-222-22441-4

Ⅰ . I565.65

中国国家版本馆CIP数据核字第2025FB2988号

责任编辑：刘　焰
助理编辑：李明珠
装帧设计：杨智钦
责任校对：白　帅
责任印制：窦雪松

行走中国丛书
法国夫妇滇游纪行（1902—1903）

［法］古尔德孟 著　鲁新星　范红琼 译

出　版	云南人民出版社
发　行	云南人民出版社
社　址	昆明市环城西路609号
邮　编	650034
网　址	www.ynpph.com.cn
E-mail	ynrms@sina.com
开　本	720mm×1010mm　1/16
印　张	11.75
字　数	140千
版　次	2024年12月第1版第1次印刷
印　刷	云南出版印刷集团有限责任公司华印分公司
书　号	ISBN 978-7-222-22441-4
定　价	45.00元

如需购买图书、反馈意见，请与我社联系
总编室：0871-64109126　审校部：0871-64164626　印制部：0871-64191534
版权所有　侵权必究　印装差错　负责调换

云南人民出版社微信公众号

总　序

张昌山

　　从黑格尔以来，传统中国长期被欧洲中心主义者视为一个"停滞的帝国"。这一观念出现几十年之后，国人终于认识到，中国正面临着前所未有的深刻变革。清同治十一年（1872年），李鸿章在《复议制造轮船未可裁撤折》中说："臣窃惟欧洲诸国，百十年来，由印度而南洋，由南洋而中国，闯入边界腹地，凡前史所未载，亘古所未通，无不款关而求互市。我皇是如天之度，概与立约通商，以牢笼之，合地球东西南朔九万里之遥，胥聚于中国，此三千余年一大变局也。"光绪元年（1875年），李氏又在《因台湾事变筹画海防折》中说："历代备边，多在西北。其强弱之势，主客之形，皆适相埒，且犹有中外界限。今则东南海疆万余里，各国通商传教，来往自如，麇集京师及各省腹地，阳托和好之名，阴怀吞噬之计，一国生事，数国构煽，实为数千年未有之变局。"李鸿章对世界和中国的这种认识还在多个场合说过。当时的中国，一下子从"普天之下，莫非王土；率土之滨，莫非王臣"的状态，迅速跌进五大洋、四大洲之中的世界，甚至只是亚洲东部一个落后的大国。

　　这数千年未有的大变局，就是以工业革命为主导的近代化及现代化，而中国从传统社会向现代社会转型的这一近代化及现代化过程，至今仍在进行之中。

　　百年间，一些中外人士行走在中国这片古老而又在变动的土地上。行走者中，既有外国的传教士、外交官、探险家，更有中国的文人、学者、科学家、商人、军人，甚至家庭妇女。他们的游记、札记、考察报告、探险实录等，见证并记录了其自身行走的经历和中国近代化及现代化的过程。当时写下这些文字的人虽身份各异、目的不同，但每一部作品记录的都是作者个人的观察与体验，也记载了他们的所思所想，体现了他们的个性特征。而不同的作品拼合起来，则在横向空间上似画卷一般展现了中国各地的风土人情和社会风貌，而在纵向的时间上则有如电影一样显示了中国在不同历史时期社会变迁的细节与大势。在他们笔下，中国不再是故纸堆中的陈旧记忆，而是活生生展开的现实景象。

把历史还原到现场和实际生活，这大概是每一个想了解历史的人的最大愿望。我们从这些作者在中国的行走、体验之中看到了一种活态的中国历史，它们明显区别于以往的正史和官方档案之类的文献资料所记录的静态中国历史，而且，人生的丰富性、视角的差异性及社会的多元性，也尽在其中。

德国学者赫尔德所倡导的"同情之理解"，作为一种历史研究方法，在中国学者中以陈寅恪等用得最深也最好。如今，我们把这些中外作者的各类作品作为历史文本来阅读、感受和研究，通过这些文本去体验他们在这片土地上的行走、见闻与思考，这也是一种"同情之理解"的实践。今天的人们可以从中感受这些作者所体验的中国社会，从而更具体、更深刻地观察了解中国近代化及现代化进程的艰辛与经验。

将中国放在整个世界大格局中来看，这一百多年的历史，大致就是摇摇晃晃、步履蹒跚地走向世界和走向现代的过程。鉴往才能识今和知来，但由于过去的观念、方法、习惯和经验等因素，有意无意地遮蔽和塑造了我们对于这段历史的认识与解释，因此，云南人民出版社推出的这套大型"行走中国丛书"，是在回头观看百年中国之动静，是在体会"我看人看我"的经验，其实质则是向前进，走向永恒的未来。

青山遮不住，毕竟东流去。历史的洪流和时代的浪潮虽然可能会被拖延，却不可能永远被遮挡。司马相如说："盖世必有非常之人，然后有非常之事；有非常之事，然后有非常之功。非常者，固常人之所异也。"李鸿章有言："处数千年未有之奇局，自应建数千年未有之奇业。"这两句话的时间相差两千年，表达的却是同一种心声，谨抄录于此，作为我们对国家和时代的期许。

是为序。

2015 年 5 月

前　言

  云南，因它的地理位置，顾名思义是"云之南方"。实际上，此处的"云"是积聚在高原上的云。

  这些高原，包含了我们这个星球上最高的山脉——喜马拉雅山脉，汇集了各种类型的云。在夏天，南印度洋因高温引起蒸发，水蒸气升腾，并按照众所周知的物理定律向寒冷地区的大气层移动，在此处，也就是向青藏高原移动。冷热气流在高原的山峰交汇，其结果便是降水。巨大的降水冲刷着青藏高原，诞生了亚洲最大的几条江河。

  云南南起东京（今越南北部），向北一直延伸到滇西北地区高原高大山脉的脚下，它周边的地势和海拔弥补了它纬度的缺陷。为此，云南有一个极为优越的气候条件，非常温和，在很多方面可以和普罗旺斯相媲美。

  事实上，在交趾（今越南南部）的最南端，北纬 8 度的地方，我们所看到的是热带植物，如橡胶树、三叶橡胶树等，而在云南北纬 25 度的地方，海拔在 1300 米到 3000 米之间，其植被却和法国相似，有橡树、白桦树、栗树等。在看够了老挝、安南（今越南中部）和东京千篇一律的热带植被之后，见到这些植物，对我们来说不能不说是某种慰藉。

  在如此短的空间距离上，云南呈现的自然物产是如此丰富，且尚不包括我们所知不多的巨大的矿产资源。云南这个地方，未来有巨大的希望和潜力。

  旅行的其中一个方面也想做一些比较性的研究，其中包括云南和英属缅甸的商业关系及云南和四川乃至中国中部省份的商贸往来情况。

我穿行的三条主要路线均在昆明交会，基于此来规划我的旅行线路。

从东京开始，走西线到达昆明，并往北前往四川，然后顺长江而下到上海。从上海开始，走海路到仰光，穿越缅甸后，到达云南与英属缅甸的边境。从此处又前往大理府。从大理出发，我向北绕行一圈，考察了这个在商业和科学上均很有意义的地区——滇西北。我研究了云南和西藏当前的交流往来及未来的发展趋势，同时考察了长江上游尚不怎么为人所知的河段。

由滇西北返回后，我再次途经大理，然后前往昆明并走东线回到东京。

回到东京，本次考察旅行也宣告结束。而从东京回法国，我给自己选了一条新路线。对这条新路线的认知让我觉得大有裨益。其具体路线为：从东京出发，途经香港—上海—天津—大连，然后顺西伯利亚大铁路回到巴黎。

此书要呈现给大家的是我的旅行日记，是对旅行中每日呈现的令人眼花缭乱的新事物的一些个人印象及观察记录。

此书的目的是尽可能多地搜集第一手资料，并期望该书对那些即将开始研究云南或将到云南旅行的人士有所帮助。

以这种方式成书，我深知会丧失某种美感。但我相信它在实用性上不会因此而打折扣。对我而言，我担心的是这本书是否有实用价值，而不是是否有文学价值。

本书从我进入中国的那一刻开始记述。对于从马赛到西贡这段路程，描述过它美景的人数不胜数，我就无须赘言了。西贡是远东的一颗明珠。我在这座充满魅力的城市所度过的时间是美妙的。这之后，我去了海防。海防也是一座欢快的不夜城，它经常让游人流连忘返。

目　　录

在路上 / 1

扁舟溯红河 / 2

蒙自街 / 11

去田里干活的彝族女子 / 18

在云南高原 / 19

到达新兴州 / 43

在澄江府 / 48

省城昆明 / 51

在昆明小住 / 59

寻　甸 / 70

见到沙神父 / 73

离开沙神父 / 77

到达昭通府 / 79

在昭通府的见闻 / 86

到达大关 / 89

大关见闻 / 93

来到蛮允 / 104

在永昌府 / 113

博南古道 / 117

大理古城 / 124

到达丽江 / 133

在丽江 / 139

在滇西 / 142

滇西古驿道 / 159

宜良城 / 164

在路上

终于，我们到达了中国边境！

丰沛的红河水滔滔南流，两岸的热带植被茂密而华丽。接下来，我们将坐帆船溯红河而上直到蛮耗（今蔓耗），然后由蛮耗进入云南内陆。

每个旅客根据自己的喜好和脾性，以自己的方式来描绘红河上的这种小帆船。实际上，这种交通方式的确很缓慢，但它却有自己的魅力。

红河航段在蛮耗和老街之间所使用的小帆船，是一种长条形的轻便小艇。它跟东京湾三角洲上使用的大腹舢板一点儿也不像。它的外形更像是独木舟，或者称它为水上"猎兔犬"。这种设计是为了应对红河险恶的航道，便于船通过众多须费九牛二虎之力才能通过的浅滩，尤其在枯水季节，经常要逆着仍湍急的河水，擦着河底的鹅卵石拖曳帆船。在那个时候，小艇摇身一变，成了雪橇。

扁舟溯红河

帆船的前部是桨手的操作区域，通常由六人组成一支小队伍，中部是一个带顶的小棚屋，供乘客歇住，船的尾部做厨房用。

正是在船尾，我们的男仆忙忙碌碌，努力地给我们准备餐食。根据食材的供应情况，他做出的菜肴时而可口，时而将就，但他总是极力地向我们展示他所学的烹饪技艺。

烹饪技艺在我们的印度支那殖民地大受欢迎。这甚至成了某种特色。来自安南和东京湾的男仆非常热衷于学这门手艺。从一些在殖民地开办烹饪学校的大厨手上，他们也学到了一些烹饪技巧。

红河里的食材也多种多样：鱼，水中其他河鲜等。而船在傍晚停泊时，我们会上岸闲逛，时不时地能猎获一些肉质鲜美的野鸡。

溯河而上的这几天，我们这些狩猎爱好者经常会谈论此种消遣。有时是在早晨，船员们正在慢吞吞地用早点时，或者是在中午频繁地歇息之时，抑或在船过浅滩的时候。而傍晚，船到达该日的泊靠地点时，那将是猎取野鸡的最佳时刻。

红河水流一路均很急，小帆船逆流而上，行驶缓慢。只有当风从船尾吹过来时，它那块方形的帆布才起到了作用。在这狭窄的河道上，两岸根本无法拉纤，帆缆和索具也几乎没什么作用。

对风的规律，船员们熟知于心。他们常会停几个小时而不动船，这让心急的旅客们感到不愤。而实际上，他们停船的原因很简单，他们是在等风来。一些光靠撑篙划桨难以通过的河段，若是风来的话，仅用几分钟，船就通过了。

◇　坐着小舟沿红河溯流而上

　　因此，我们需要很好的耐心，尤其是不要干涉行船事务的细节。在这点上我常犯一些错误，对船员们指手画脚，只知道往前走，却不考虑风的因素，做一些无用的努力。这对船员是不公平的。

　　若是碰上难缠的旅客，船员干活不舒心，更不会卖力，最终的结果是到达目的地的时间一点儿也不会提前，哪怕是一小时。这实际上也是个人性的问题。某些时候，船员们会提前到一个泊靠点，这时，他们会和同航向船只的船员相互协助，通过一些险滩。

　　我时常听到一些对红河上中国船员的指责，但于我个人而言，还是顶着各种流言蜚语雇用了他们。对他们的工作，我只有满意。一个明显的原因是我想尽可能地表现出我的公正和善意。关于航行的细节，他们肯定比我更为了解。为此，我不插手这些事务，放手让他们去做。

红河两岸，群山陡峻，气候闷热，草木随意滋蔓，藤竹交缠互绕，行人望而却步，一派原始野趣。星星点点的野香蕉，用它肥大的叶片给密集的灌木丛投下一地阴凉。竹子在春日生长成的叶簇，呈螺旋形肆意地刺向四方；不时映入眼帘的攀枝花，是这片绿色汪洋中的巨人，它们多数长得巍峨挺拔。

老街到蛮耗（1902年5月16日，译者加注）的行船时间通常是六天。有时会多一点，但很少低于六天。

这个地区要防范疟疾。奎宁的预防效果非常显著，所以我定时给我们这个小团队的成员服用奎宁，目前没一个人得病。因此，我们这个小型的漂流部落充满了生气与和谐。

第六天的傍晚，我们到达了蛮耗。甫到该地，我们就从市场上雇了十匹骡子。它们将驮着我们和货物到蒙自。此处未设厘金局，之前在老街已过了一道海关。一切都显得井井有条。我们对船员们相当满意，并给了他们一些小费。这让他们十分高兴。

几乎是在同时，我们的善意就受到了这些老实船员们的回报。投桃报李，这种情感对一些持悲观偏见的法国人来说，是很难理解的。

我们在蛮耗碰到了可怜的旅行者罗宾。罗宾从云南府（昆明）方向过来，看着一副精疲力尽的样子且身无分文。我请求我的船员们搭他一程，送他到老街。

没有片刻犹豫，甚至都没问价格，船员们就答应了这个请求。他们说是为了报答我一路上对他们的善待。船快启程时，我给了船员们两块大洋作为奖赏，也是补偿他们对我们这个不幸同胞的热情照护。几个星期后，我们获悉，可怜的罗宾死在了东京一个被丛生的灌木所包围的不知名的驿站内。

他是有多蠢才来参加这种勉为其难的环球旅行，又危险又没意义！而为这种离谱的活动做广告的报纸是负有不可推卸的责任的。步行环游世界，不带钱，骑自行车，坐手推车，还有什么我不知道的更离奇的东西？只有那些可悲的人儿，才会津津乐道于此事并徒劳地想去赢得那笔巨额奖金。

可怜的罗宾，为他疯狂的鲁莽行为付出了生命的代价。而那著名的海市蜃楼般的一万法郎奖金，如同他黑暗人生路上闪现的灯火，最终，他都没有接近和触碰到。想起在红河边上碰到他时，他对我说话的语气，我永远也无法忘记。实际上，在当时要走完全程还有许多困难要克服，对此他也心知肚明，但当时，他说："你看，我会成功的，我也必须要成功。想想看，一万法郎啊。有了这些钱我就无后顾之忧了。我会用这些钱买一所小房子，然后幸福地生活在里面，直到我人生的尽头。"

当说到这宿命般的奖金数字时，他提高了嗓音，双眼闪耀着兴奋，语气中透出炽烈的欲望。而他那可怜的、已疲惫不堪的躯体，却因为这种顽固的欲念的纠缠，虚弱地颤抖。

5月17日早晨，雇来的骡子和马到了，马夫们在安排装行李和货物。他们给体型小巧的滇马装上了马鞍，套上了辔子。金属箱里面装的是我们的一些仪器，有气压计、温度计、指南针、双筒望远镜和照相机。我在褡裢里面备了些衣服，我们尚未到达驿站时，若衣服被雨淋湿且马帮落在后面时可以替换。褡裢内还装了些做午餐的食物和一些子弹。子弹是给鹧鸪和野鸡准备的。这些冒失鸟儿为我们的厨师展示其厨艺而提供食材。几个小瓶子是用来装昆虫的，然后是一把小锤子和一个小药箱。这些就是我们随身携带的必不可少的物品。一匹骡子用来驮帐篷，另一匹用来驮床褥，包括两张带垫子的行军床及被子和蚊帐等。这次我们是两个人，古尔德孟夫人陪我走这趟长途旅行。作为探险家的妻子，她觉得与其待在家中担惊受怕，不如和丈夫一起上路，尽管旅途艰辛，但至少心情是愉快的。

在云南，马帮的马夫习惯走固定的路线。对这些路线，人和驮畜都十分熟稔，每天要在哪里住店他们也都烂熟于心。某种程度上，他们只是机械般地行路。而且，驮畜们也习惯了行经地区的食料。虽然同在云南，但不同地区的食料变化还是很大的。除了喂食切细的干草之外，夜里给马和骡子吃的还有一定分量的蚕豆和苞谷粒，很少给它们喂食大麦。对驮畜而言，只是更换了它们的食料，比如换了一种牧草，它们就很可能因此而得病。所以对马夫们来说，让他们离开习惯的路线走另一条路，是很困难的。

送我们从蛮耗到蒙自的马帮也不例外。因此，后面从蒙自到昆明，我们得另雇一支马帮。

然而，临时组建一支来自不同地区的马帮也不是不可能。这种做法有个好处：之前的马夫已熟悉了我们这个小团体的习惯，便于组织和管理。而且，如果马帮中的人对路线和客栈一无所知的话，会给我们造成很大的困扰。所以，在这点上，我建议旅行者只要简单地按照当地的习惯性做法来做即可。

云南的马夫相当灵巧。他们的驮鞍也设计得非常巧妙。驮鞍也是由木头制成的，所以比较硬实。每副驮鞍都根据使用它的驮畜的背形而专门打造。这样可以很好地保证装载货物的平衡，就算不用带子捆扎，马背上的货物也不会晃动。驮畜的前胸和后臀上各有一条用来固定驮鞍的带子，目的是在上下坡时维持货物的平衡。

中途休息或到达驿站时，马夫只要卸下驮鞍，准确地说是卸下驮鞍上装货物的架子即可。再次装上时也是如此：把架子放回原位就行了。这样，货物和行李的装卸，片刻之间即可完成。

离开蛮耗的首站路不算远，但极为难走。红河的海拔只有150米，而我们却要爬升一条艰难的、多弯且路面支离破碎的山路，一直上行到海拔1800米的地方。这条路，人们叫它"万级台阶"，确实是名不虚传。

我们离开蛮耗时正值中午，250匹装有货物的骡马跟我们一起出发。一匹接着一匹的骡马艰难地向上爬行，宛如勤劳的蚂蚁，被与身体不成比例的重量压弯了腰。时不时地，会有一匹骡马突然摔倒，但驮鞍的巧妙设计会起到保护作用，让牲畜不至于摔下去。牲畜脊背上的驮架呈拱

桥形，当骡马摔倒时，货物的重量会暂时由驮架的边框支撑，牲畜在短时间没重负的情况下可恢复必要的气力，然后重新站立起来。这种情况有时能够做到，但大多数情况下，驮畜会因为重量而摔倒，在马夫一番略显滑稽的操作之后，最终骡马都会站立起来，而重物仍会放回驮畜已撞伤的脊背之上。

可怜的牲畜，接下来还得面对无尽的爬坡和弯曲的山道。

在曲曲折折的山路上一刻不停地走了一个小时后，我们到达了山腰，从此处可一览无余地观看红河。继续爬到山顶，我们最后再看一眼红河，它在身后的山脚下蜿蜒流淌。

远处，黛色的群山连绵起伏，其上飘着淡淡的雾气。远处是越北东京，我们离开那儿有几个月了。

随着我们爬得越来越高，视野也越来越宽阔。红河谷的闷热被宜人的凉爽所代替，而植被的变化带给我们一阵狂喜：这不就是法国的植被嘛！

今日我们走了两站路。对从蛮耗到蒙自的这条驿路，我不再过多地描述。因为再过几个月，当铁路修到老街时，将不会再有人走这条路了。铁路选择溯南溪河谷而上，火车几个小时就可走完四站路的距离。

走这条路比较单调，甚至有些许悲凉。看着那些驮着沉重货物的牲畜，没有片刻的休息，不停地爬山，或者更悲惨的是滚落摔倒。这种情况真令人难过。

每天都爬同样陡峭的山路，很快我们就习惯了。向上爬需要耐心，而下山则更需要耐心。驮畜们可自己往前走，同方向会有好几支马帮混杂在一起。护送我们的军士不知跑哪儿去了，实际他们也没做错，对这些老兵丁而言，在这荒山野岭，对付谁去？路上一直都比较平静吧。

和我们一路的，还有印度支那公共工程局的 Downie 先生一行。他们以官方马队的形式，运送 18000 块大洋到蒙自。驮这些钱的骡子们，也并没因为货物贵重而小心地自成一群，与其他的骡马区分开来。

下午 4 点 30 分，我们到达了 Yao-tao（摇头村）。成群的骡马按照它们各自的习惯，自行进入村子内两家客栈的其中一家。场面嘈杂混乱。装着大洋的箱子、我们的行李、不同商队的货物全部混杂在一起，四处随意地散放着。护送我们的兵丁出去抽鸦片去了。马夫们在切料草，男仆们给我们准备晚餐。谷仓的一处被用作我们的卧室，男仆们在那儿支起了行军床。没有一个人会担心有小偷，也没有一个人去照看院子里或小屋内到处乱放的装着大洋的箱子。Downie先生的人经验丰富，他们对道路、村寨及汉族都相当熟悉。我对他们所表现出来的自信和从容相当赞叹。这些同胞才是真正杰出的法兰西人，他们总是面带微笑。这与那些留着上翘的髭须，装成好汉实际却色厉内荏的法国人形成了鲜明的对比。后者甚至比小村内的居民还胆小怕事。

在谷仓的卧室内我们度过了一个凉爽的夜晚。早上4点，我们就起来了，天还黑着。我们点起了火把，开始做出发前的准备：早饭烧熟了，行军床被折起，袋子也扎好了，要驮的东西也已固定好，坐骑上了座鞍，客栈老板的账也结掉了。总之，上路前的所有活儿我们都做好了。这些活儿，在接下来连续几个月的"游牧"生活中每天都将重复。此时，天空下起了雨，大家都停歇下来开始用今天的第一餐饭，一边等着天空放晴。一直等到早上7点，我们才启程。

道路崎岖不平，但景色秀丽。山谷的底部是稻田，路边种有桃树，还长着一些野葡萄。这里是真正的中国：农夫和农妇们着蓝棉布衣裳，而不再是东京人喜欢的栗色。东京人的衣服是用茜草染成的颜色，看着有点阴沉，给当地人平添了一种令人不愉快的严肃感。还是该为着蓝衣的农人们欢呼！他们在稻田里播种下了喜悦、光明和生活的希冀。

继续爬山，此时的海拔是2000米。到达蒙自坝子前我们要翻越一个垭口。从此垭口开始，热带植被已消失无踪。骡马们行进在堇菜、树莓和其他与法国一样的小花中间，随处可见小麦、燕麦和大麦。这一切都表明：气候已彻底不同了。

人们说海拔就相当于纬度高度，正因如此，多亏了它的地理特性——云南在它1300米的海拔高度上层叠分布的山脉和高原，拥有了

一个完全得天独厚的气候，尽管纬度不高，但其温和的气候却与我们的普罗旺斯地区和意大利北部有许多相似的地方。

下午 4 点 30 分，我们到了小村阿三寨。因为我想采集一些植物，收集一些昆虫标本并消遣性地观察一下当地蔬菜的种植，于是决定就地扎营，而不是当晚就赶到蒙自。

在习惯上，旅客不会在此村过夜，所以该地没有客栈，仅有供骡马休憩的一所小房子，所以，今晚我们将睡在门口的屋檐下。我们把骡马背上的行李物品卸下来堆成一堵隔墙，用来分隔我们和那些兵丁。他们今晚也没地方住宿，将在我们隔壁凑合一宿。

晚餐是稀饭，还有些杏子，相当简单。但傍晚清新的空气和周边花园般的美景，让人不禁心旷神怡且胃口大开。离开东京那令人窒息的溽热，能在此地饱吸清新的空气，真让人欢喜！

我们觉得，在云南高原上建立疗养院的好处是肯定的。东京湾的热带丛林和低热平原上的伤病员们在此疗养，肯定能更快地恢复健康和体力。

早上醒来，天气很温和。我们这个小马帮收拾完毕，准备往蒙自出发了。蒙自离我们没几公里，是一个平坝。

刚要上路，来了一个意料之外的惊喜：一队欢快的男女骑手迎面而来，他们是 Barbezieux 一家。先到一步的 Downie 昨晚告诉了他们我们即将到来，所以一大早，赶在我们到达之前，他们出来迎我们，也算是早晨的骑行散步。

我们一起顺着山路前行，道旁景色宛如春日，花木掩映，芳香袭人，野蔷薇和铁线莲纠缠在一起，随处可见。四周的植被越来越让我们想起法国，这跟红河两岸的植被相比，简直是天壤之别。

蒙自坝子的海拔是 1400 米。从此地开始一直到滇西北的丽江府，分布着众多的高原湖泊。蒙自是其中的第一台阶。整个云南气候都十分温和，且随着我们前往地区的海拔越来越高，气候冬暖夏凉，更是舒适。这种气候对农作物也十分有利。从蒙自开始，我们就发现种有大量和法国一样的蔬菜和水果。

　　昨晚在阿三寨村，我们吃了杏子，今天有李子，只是还有点涩。都说中国人喜欢在水果完全成熟前采摘，现在看来是真的。此外，云南人在园艺上也不怎么样，他们很不做剪枝、嫁接等专门打理园艺的工作。

　　穿过几个小村和果园后，蒙自的欧洲小城便映入眼帘。当天欢迎我们的宴会安排在印度支那公共工程局的一所庭院内。

蒙自街

法国租界包括印度支那公共工程局修建的房子，这些房子用作各种用途，还有邮局、医院，稍远一点的是印度支那里昂公司的房子。最后，是一些供滇越铁路蒙自站工作人员住宿的房子。蒙自站是一个重要的连接点。和公共工程局的建筑毗邻的是法国领事馆和大清海关，这两处建筑内都住有欧洲人，修有两座哨塔做保卫之用。所有的这些建筑都很随意地散落在坝子上，并没有做整体的规划。

◇ 蒙自街道

法国在云南的医院和疗养院基地的设立已经被确认，一个面向中国人的免费诊所目前运行良好且收效不错，隶属印度支那服务处的邮局目前也已开放。一些技术人员和公共工程局负责铁路修建管理事务的工程师已入驻蒙自。

另外，我们在蒙自时，感受到这个小地方被笼罩在一种悲观和不确定的氛围之中。各种好的想法和意愿都被扼杀，各种创举均被搁置。我们从来都没经历过像在云南这么美好的地方，因为我们自己的原因而造成如此多的阻碍。这个由党务部长所选取的政客（译者注：此处指的就是下文的法国驻滇总领事方苏雅）任性又笨拙，一意孤行地推行他放弃和撤离云南的政策。由此政策所导致的错误显而易见。而这些错误当中，最严重的是1900年无来由的撤离。这次撤离的理由一点儿都不充分，撤离的过程和结果更让人觉得糟糕透顶。

围绕1900年义和团运动而发生的一些事件，在议会和政圈内，大家给出了客观评价：一直以来人们都认为云南的撤离是必要的和英勇的举动，今天，它被证实是毫无意义的，我们领事的所作所为完全是过激的。这完全是他个人的原因——他对清朝官员的憎恶。这种憎恶让他与云南官员的矛盾急剧恶化，且这种矛盾与北京的义和团运动无丝毫联系，我们在云南的同胞实际上根本没必要撤离。

从亲历者和见证人那里所得到的证据及对官方文件的仔细解读，包括方苏雅自己的报告，我得出一个不可辩驳的结论——这个结论也是今天大家都认可的观点，那就是这次令人惋惜的撤离事件本来是可轻易避免的。

方苏雅1899年初刚到云南，就与当地官府起了一些不必要的纠纷。然而，他本人却以一种无辜者的身份来描述这场纷争，把它们归咎于他对中国习俗的不了解。他自命不凡，在他的住所要求上，提出跟他的官阶不相配的隆重的接待规格。实际上，中国人根本就没义务为他做什么，而他却非法地占据一处公廨作为他的住所。其理由是他受到了不公正的蔑视，是受害者，这么做是泄愤。而后，在云南这个平和的地方，他又以一个武装到牙齿的面目出现。这些所作所为都让他与云南总督及其他当地官员处于对立的境地。

他从昆明到东京的逃离途中所遇到的敌意行为，完全是针对他个人的。而他根本就没意识到，我们在云南各种计划的推进，尤其是铁路的修建，当前所遇到的多数阻碍实际上都是他一手造成的。

1900年，当他返回云南的时候，认为有必要带进一些武器，本来如果他圆滑一点的话，带武器也不会有那么大的麻烦。但实际情况却相反——他好像把制造麻烦当成他的工作一样。当他带着装有枪支和弹药的箱子经过蒙自海关时，自大地要求当地官府给这些箱子"通行票"。出于职责，后者拒绝给这些箱子开通行票并对该行为表示抗议，认为它有悖中法签署的禁止武器引入的条约。虽然最终当地道台还是给他们放行了，但却把这件事上报给了云南总督。当这些"著名的箱子"到达昆明时，不出所料，方苏雅被告知这些箱子要被扣押在厘金局，且最后也真的被扣了。

他本来可以聪明点，通过表明他们这一小帮在昆明的法国人亟须这些武器，以便在一些无法预测的暴乱中用来防身，然后，再低调地请求总督准其拿回这些武器。这是个很好的借口，因为这种暴乱在中国是常有的，且几把步枪本来就不是什么大问题，它们根本构不成所谓的入侵或涉及征服之类的企图。

而我们的方苏雅先生，却更喜欢以自己的方式去寻求"公正"。他详细地描述了他自己当时是如何闯入厘金局的：他手握左轮手枪，强行抢回了他的行李和武器箱，那些上前指责他的负责该事务的中国官员，都被他用枪柄砸了脸。

事发后的第三天，在经过调查以后，云南总督勒令他把武器上缴官府。至于他本人，在他犯的这件事情上也难辞其咎。而在勒令发出前，有整整一天的时间，自负的他也没想过离开省城昆明。

我们的领事认为有必要把这最后通牒展示给聚集到领事馆的所有法国侨民看。根据方苏雅自己的叙述，之后又经历一番在我看来更多是荒唐而非悲惨的波折之后，他决定进行这场"著名"的撤离行动。

老实说，这场撤离根本谈不上英勇，因为根本就没发生什么可怕的事。路上发生的一些小插曲以及他自己所费的心力，完全是因为他把事情看得过于悲观。之后出现在不同报纸和杂志上的关于此次撤离事件的中国式水墨画配图，除了审美上的用处之外，更多的是滑稽而非悲壮。将这件事描述为"一路护卫森严，没任何意外和警报，整个队伍毫发无伤地到达蒙自"。

而从蒙自的撤离更是毫无根据，且这场撤离，给远在法国本土的人们一个非常误导当地局势的印象。

今天，事实已经明了，1900年的义和团暴动中，整个大清帝国受到影响的仅是北直隶省。其他省份都没有撤离人员，驻各地的领事馆人员也坚守岗位，如Bond'Andy[①]先生留在四川，de Marcilly[②]先生及其他人根本就没有太多担忧。最后在云南，在传教士撤离以后，留下的那些手无寸铁的中国天主教徒，最终也没受到攻击。包括云南靠内地的一些传教士，他们风平浪静地留在原地，甚至都没有收到领事馆要求他们撤离的命令。可以肯定地说，如果不是驻云南的领事馆接二连三地犯错误，1900年在云南，任何意外都不会发生。

蒙自城，跟中国所有其他城市一样，四周筑有城墙，到了晚上，城门是要关闭的。温和的市民相信，这样可以防止夜里被盗窃。这些窃贼，或是在个旧矿山上挖大锡的苦力，总数有3万多人，他们时常饱一顿饥一顿，食不果腹。对蒙自城来说，这些苦力是永远的威胁。

在个旧这个矿工聚集区，那些可怜的矿山雇工们时常闹罢工、抗议和暴动。在中国这个偏远的小地方，在手工业者和小作坊主当中，这种事完全是一个例外。这也因此让蒙自在整个云南省，成为唯一的暴露

[①] Pierre-Rémi Bond'Andy (1859—1916)，1889年法国驻广西龙州二等副领事，1895年任云南思茅副领事，1900年任重庆领事，1903年任法国驻成都首任领事。

[②] Henri Chassain de Marcilly (1867—1942)，中文名玛玺理，法国外交人员，时任法国驻汉口领事，后任法国驻热那亚总领事，1929年法国驻海牙全权公使。

在民众起义威胁之下的城市。

而我们的领事犯了一个很大的错误。那就是对城内的欧洲人聚居区的房屋在建设时，没做一个整体的防御规划。这种防御是针对来自个旧矿工的有可能的攻击。

通过红河航道运进来的商品要继续运到昆明，蒙自是必经的站点。大清海关在蒙自设立了检查点。当地马帮把商品从蛮耗驮运到蒙自，然后换其他的一些马帮把这些商品转运到云南北部和西部。

成千上万的马夫和货栈商依靠这条商路生存。而驮畜和相关人员在路上需要补给，随之诞生了各种商品的供应：衣物、小五金、鞍辔、帽子、毛靴和草鞋等。大量的公差为此也配备在当地的道台、知县周围，包括厘金局和大清海关的差人们。

通过蒙自转运的商品主要是大锡、盐巴和药材，当然还有鸦片。相当繁忙的商业活动让蒙自成为云南重要的城市之一，尽管其人口不算多。

我是着汉式服装进入蒙自城的，尽管我知道这种装扮在这里没什么大作用。因为当地欧洲人数量众多，当地老百姓早已习惯了他们的来来往往。但接下来，我将进入一些民族聚居区进行考察，要到云南一些很偏远的地方。在这些地方，我认为中式着装是有必要的，甚至是必不可少的。

传教士在几个世纪前就已采用了此种着装方式且效果很好。中国人在面对跟他们穿一样衣服的人时，会表现得更自在，更愿意相信对方。中国社会是很讲究礼仪的，中国人在被欧洲人邀请时，他们无法知道这个场合的正式程度，更是对燕尾服、礼服和西服的使用场合一无所知。在这种背景下，不同的服装有时会让他们处于十分尴尬的境地。出于这种担忧，他们几乎总是穿最正式的官服赴邀，欧洲人着装的复杂性对他们来说是一种烦恼。

但，如我所穿的中式服装，运用他们那些虽略显幼稚但却常用的客套仪式，就可避免很多误解和冒犯。某些时候，这些误解和冒犯很可能就是因着装或礼仪所引起的。

为了尽快熟悉这些礼仪，从一开始，我就进行了实践。我跟一些小官员进行了互相拜访，直到我的中式礼仪在这些低阶官员面前可做到不犯任何错误为止。值得庆贺的是，前面的这些礼仪练习并没白做。在接下来的旅途中，在一些微妙的场合，我在礼节上的应对自如给了我莫大的帮助。

按例，我还要取一个中文姓名。Courtellement这个姓不怎么好翻译，退而求其次，只能从我的名字上做文章了。最终，人们给我取了个中文姓名"史法义"。我觉得名字还不赖，那以后就叫史法义了呗。

从今往后，在中国，我被人所知的就是这个名字了。人们还给我做了张朱红的名帖，说我相当于三品官员。名帖上写了各种头衔，一个比一个夸张。

我买了顶轿子，这是官员相互拜访时最常用的出行工具。又雇了几个随从，他们让我的正式拜访显得更像那么回事儿，或者是让我的这个团队显得更完整。这些随从中有一个通译、一个男仆和一个厨师。人员和装备均已就位，接下来，我就可以在优越条件的保障下，对云南及其居民做深入的考察研究了。

然而，就在这个时候，法国驻滇领事馆发电报通知我，让我改变我的行事方式，说我着汉式服装这种小心谨慎的行为相当荒谬。

但我坚持认为，像天主教或新教的传教士一样，在中国就应该像中国人一样着装，这一点都不荒谬。我可不想让我的旅行给人一种去参加化装舞会的感觉。因此，他们给出的意见我是不会听的。领事在处理中国事务上的能力让我表示怀疑，这不仅仅是他与当地官方公开的纠纷，还有1900年那场悲喜剧般的冒险撤离，尤其是他在报纸杂志上写的如同小说情节般的描述。

我对自己的行事方式深信不疑。

蒙自，6月2日。

虽然一早就开始下雨，但我们还是做好了各种上路前的准备。行李被固定在驮架上，骡马套好了鞍，轿夫们也已就位。我们想等天色亮点再出发，但一个又一个小时过去了，天空仍然阴沉，不得不决定出发了。

我给我们这个小型马帮的所有人都准备了雨披，雨披用防水的中式布料做成，有各种颜色，黄色、绿色和红色。张开来就像一个套筒。这种雨披大大的，呈锥形，比较防水，尤其是戴在头上那截很显眼。防雨的工作我们做得不错。最后要考验我们的是蒙自出发的第一站路，我们的坐骑和驮畜能否在湿滑的路面上安然行进？

下午1点，和蒙自的一众朋友做了最后的告别，我们这个小马帮上路了。

天空还是下着雨，坝子上可看到一些彝族人在地里干活。他们正在给之前的玉米地翻土，为接下来的栽秧做准备。这些人用来防雨的是一把竹制的巨型阳伞，阳伞上覆盖的也是防水布料。伞插在他们前面的地上，随着他们往前干活而挪动位置。彝族妇女看着很强壮，她们的小腿肌肉结实匀称，看着十分健美。干完地里的活后，她们把阳伞扛在肩上，欢快地大步走着，尽管她们穿着很短的裙子，却一点也不忸怩，像歌剧里面的农妇一样，她们脸上总是充满风趣。其走路的方式跟汉族妇女对比鲜明，后者因为变形的双脚而引起小腿肌肉的萎缩，让小腿看来就像瘦小的纺锤，走起路来得像荡秋千一样摆动双臂来保持平衡。对这种步态，中国的文人形容它是风摆垂柳，我们是无法理解这种所谓的美感的。

我们长途跋涉，历经艰难来到这里，想拍摄的更多是像彝族女人那样，那种健美、协调且带有野性的体态美。

去田里干活的彝族女子

来到大屯湖，湖的右边是东线道路。当地土地肥沃，有良好的农作物种植。路上碰到不少去蒙自的牛车，还有一些驮盐巴的马帮。这里离第一站的驿点鸡街不远了。这个村子周边的平坝上，土壤是轻微的泥沙质且混有凝灰岩，这种土壤非常适合种植洋芋和各种蔬菜。也因此，整个地区看着就像是一个巨大的菜园。

◇ 背着娃去田里干活的彝族女子

在云南高原

　　个旧矿山离此很近,在那里,矿工无法在山腰贫瘠的土地上种菜。这也解释了为什么鸡街的蔬菜种植如此多样化。

　　晚上7点,我们到达了鸡街。离此几里地,有个叫沙甸的回族村子,它历史悠久,几百年前就存在了。这是我们第一次尝试住真正的中国式客栈,它的不舒服、脏乱和店家的冷漠让人无法想象。

　　马厩完全像个垃圾场,我们那些可怜的骡马,陷在杂乱的臭烘烘的粪草堆中,一直淹到骡马胸部的位置;厨房像个窑洞,常年的烟熏火燎,让其透出一股焦臭味来,光是看一眼就让人倒胃口;客房逼仄阴暗,窗户是那种格子窗,上面糊着一层薄薄的纸。

　　房间内有好几张床,说是床,实际上只是简单地在凳子上放几块木板,上面再铺一层厚厚的草席,草席内跳蚤、臭虫和其他东西正在等待它们每日的猎物。对客栈老板来说,能提供一个场所给尽可能多的人睡觉就完事了。

　　对我们来说,接下来的每天都要做相同的苦差事:搬走客房内的床板和席子,拿走所有脏兮兮的铺盖,只留一个空房间。然后在地面上,尽可能地远离被烟熏得黑乎乎的布满寄生虫的墙壁,支起我们的行军床。

　　每天做完这些工作,我们还得被一大帮好奇地从村子四面八方涌过来观看洋人的村民包围。每天,好不容易收拾完房间,那些蜂拥而至的好奇村民,鼻子都快贴到我们的房门上了。终于关上门时,才能松一口气。

　　偶尔，一截手指捅破窗格上的薄纸，然后是一只冒失的眼睛贴在小洞上看着我们。此时，我们的人会上去阻止。尤其是古尔德孟夫人在房内的时候，这种行为真的比较粗鲁。趁此机会，我们的人会把房子四周的好事者都轰走。我们接下来是吃晚餐、记日记，然后在关得严严实实的蚊帐内美美地睡上一觉。这是恢复元气的最佳方法。

　　6月3日早上7点，我们离开鸡街。天气非常温和，温度计上显示是19摄氏度。路上还碰到不少木制牛车往蒙自方向赶，此外还有驮盐的马帮和一些驮着生铁的马队。

　　途经一个漂亮的村子叫Shi-Long-Dian（石龙甸）。村子由不少筑着土坯墙的花园和果园围着。此地为凝灰岩地貌，一股怡人的泉水流淌着，水澄澈清凉，掩映在一片树林之中。

　　到处都能见到废墟和坟岗，这些证明了此地在过去更为兴盛。此处风景如此优美，不禁让我们想起了安达卢西亚的美景。

　　上午11点，我们在攀枝花村歇脚，天空飘起了几点雨，骡马在周围草地啃食，我们在一棵大榕树下休息，边上是一座华丽的中式坟墓，它与我们共享此美景。

　　有人过来向我们兜售鸡，花了1块大洋零300铜板（约合2.7法郎），我们买下了2只鸡。这个价格贵得吓人。当我叫通译按这个价格去付钱时，他抬手指向天空，意思是贵上天了，不过他什么都做不了——除了用凶狠的眼神盯着这几个狠狠宰了我们一刀的乡下人。而我们，想起了其他的一些"乡下人"，并将两者做了番比较。后者离这里十分遥远——他们住在一座大城市的郊外，在那里，巴黎人被以同样的方式狠宰。我们想其实到处都一样，本地人对陌生人的这种敲诈到处都存在，在我看来，这是一种自然法则的力量。但其实不要忘了，这种盘剥还有其相反的一面：那就是外来人对当地人更大程度上的利益剥削，这种剥削大到不知道有多少。

◇ **坐牛车去赶街**

我们随意在这个小村子逛了一下。村子很穷，没什么特产。仅仅是个供过路马夫歇脚的地方。他们会售卖一些小甜点：甜蒸糕、凉米线和花生酥。

绿树掩映中藏有一座寺庙，我们一行进入其内。里面一群小孩正在摇头晃脑地念书，前方有个老先生在看着他们，见到我们进来，他忙不迭地对我们施以各种礼数。小家伙们对我们的突然造访十分好奇。寺内矗立着一些神像，五颜六色，在这些神像的注视之下，我们给每个小孩发了几个铜板。

下午1点，我们重新上路了，山腰的路仍是弯弯曲曲的。顺着山势，我们朝西而行，到达山脚时可见周边连片的丘陵和坝子。

穿过一处风景迷人的地方，该处山脊上长满了松树，山坡上是层叠的梯田，到处有小溪和泉水流淌。

阳光比之前灼人，温度计显示是31摄氏度。这是一天中最热的时候。

过了一个叫 Ta-Ts 大寺的大村子，然后到了 Tchuong-Hong-Tchong（原为龙潭冲，现为五马冲），村子的一侧立着堡垒状的废墟。再经过一处极为漂亮的小瀑布，穿行在一些百年老榕树的浓荫中，经过连片的果园、村庄、稻田，一直到面甸镇。到达这个镇子是下午 4 点 30 分。

以下为路过时的随手记录："在面甸镇的入口处，几棵乌桕树正值花期，还有几棵尚未被采割的漆树。面甸是个较大的乡镇，从开化府[①]经临安府（今建水）去往思茅（今普洱）的路与我们现在走的这条路在此处交会。马帮们通常驮运产自开化的棺材木料到思茅，然后又从那儿运普洱茶返回。"

棺材木料的生意在整个中国都很重要，产这些木料的林区以前有很多，不过现在，很多地方都被砍伐殆尽了。

在中国汉族人的风俗里，葬礼和墓地的问题是极为重要的。对他们来说，棺材木料的供应是一种基本的需求。不论贵贱，都想保证自己在人生的最后一站有一个理想的居所，这种想法是挥之不去的。

比如一个小工匠，一旦他有了一些小积蓄后，会花他大部分的钱去买棺材，以便日后能装殓自己。好棺材用厚木料制成，榫接严密，木料被刨得光亮整洁，然后上大漆。这件"家私"会被摆放在屋内的某个角落好些年，对它幸福的主人而言，这是件值得炫耀的物件。

在中国，对祖先亡灵的崇拜习俗可上溯到人类历史的早期。Fustel de Coulanges[②]在他的著作中，对这一历史渊源做了很好的评论和阐释。另有一些杰出的作家描述了古希腊的一些传统和习俗，尤其是关于葬礼、祭品诸方面，这些与当今中国所实行的几乎一模一样。

举行埋葬仪式时，人们会在逝者的周围烧一些假的金银锭和金银纸钱以及成沓的用压钳压制的黄纸钱，后者代表成千上万吊的铜钱。然

[①] 开化府为现今的文山州州府所在地。

[②] Fustel de Coulanges(1830.03.18—1889.09.12)，法国历史学家，实证主义史学的代表性人物。1864 年著有《古代城市：古希腊罗马宗教、法律及制度研究》。

后还有纸马、纸扎的轿子、仆从及各式各样的家具和饰件。所有这些都是用纸做成的，如果物件很大的话，会有竹制的骨架用来支撑。

给死者的供品是要以恭敬的心情奉上的。它们是一盘盘装得沉甸甸的各式食品：鸡鸭、烤或煮的乳猪、米酒或白酒。在给亡者祭过酒之后，会烧香烛给他。简而言之，古希腊的葬礼细节可以完整无误地在现在的中国找到。这些习俗在其发源地上，看来是没什么值得怀疑的了。

对人死后会变成什么这一问题的担忧一直都是活着的人的一种执念。中国人保留了初民们的习俗，他们认为，从肉体脱离的灵魂会继续留在生者的周围，会存在于他的房子之内。它们可以享受供品和祭酒。所以，对九泉之下的他们来说，完成葬礼仪式是必不可少的。

跟古希腊一样，在中国，人们担心的不是死亡，而是死后被草草安葬。对穷人来说，这种担忧甚至达到残忍的程度。为此，一些慈善机构被成立了起来，目的是能给穷人至少提供一副"过得去"的棺材。

一个不幸之人，自感大限将至，在临终前的几天，他会迫不及待地躺到这个最终的盒子里面。这是他给自己选的住所，不能在最后时刻让别人给夺走了。上述这种例子并不少见。当地人还给我讲起过一个故事，是一个慷慨的善人施舍了一口棺材，结果两个垂死的乞丐为了它而你争我夺。

如果有个可怜鬼死在了你的家门口，那给他提供一副棺材——他最后的栖身之所——的义务有可能就落到你头上了。之前瘟疫肆虐之时，会看到一幕既悲惨又滑稽的画面：一个店家天不亮就起床，把本来死在他家门口的尸体挪到隔壁铺子的门口，以免花了他的冤枉钱。

骡马驮着棺材木料经过面甸镇前往临安府。这些木料中，特别是木化石，价格昂贵。这种料子是在开化府附近找到的，那儿有一个很大的化石矿层。这些做棺材的木化石料子，可能会被继续运到思茅，然后从那里再被运到更远的老挝和暹罗（今泰国）。

这种路线，马夫们一般一年走一趟。我们从护卫我们的一个兵丁那里打听到不少关于这种贸易的信息。他的一些亲戚就是马夫，由他介绍，我跟一些马夫有了认识并进行了攀谈。这些马夫勇敢、勤劳、诚实和忍让，他们中很少有人抽鸦片。

马夫们向我介绍了一个他们的朋友，是个商人。他从昆明过来。他跟我换了合5两银子的印度支那大洋。这个换钱对我们双方都是有好处的。因为从我们现在所处的地方开始，往蒙自方向，银两将变得越来越难流通。相反，往昆明方向，大洋是不好用的。于是双方的物物交易就这样达成了。而且，为了表示感谢，这个商人还送了我一盒中式的鸡蛋糕，味道相当不错。

来而不往非礼也！我也送了一些奎宁给他。他对我说，在他到东京之前，这些药将会非常有用。

这个微小的礼节性举动马上在整个客栈传开了。人们迫不及待地过来向我讨要一些药品，一开始是给小孩要，之后是给大人。这好像并不是当时的风俗吧？

我们的第一次免费诊治就这样开始了。之后，对我太太和我来说，这种诊治将是家常便饭。每天我们都要分发一些泻药和洗眼剂，还有奎宁和碘酊及各种抗菌药等给那些来寻求我们帮助的患者。

有些患者的伤口包扎做得很糟糕，有些伤口，因为使用各种中式膏药，已发生严重感染，而且散发出恶臭。我们带了大量的药物，尤其是片剂状的抗菌药。为了让法国旅行者给这些人留下一个美好的印象，虽然……但还是让我们挽起袖子，施以援手，做个人道主义者吧！

6月5日。昨日一直至今早上9点我们才离开面甸镇。因为我想再看看分别朝两个方向动身行进的马帮。因为今天到临安府的这站路也不远，所以我才有了上述决定。

走今天这站路，行人通常不会进到位于路左侧的临安府城内，而是直接到下一个站点新房村。但我们一点都不赶时间。对于临安，我们想认真地考察一番。对于那些我们觉得有意思的事物，都想考察一下，如商业、本地手工业、农业等等。

从早上 11 点走到下午 1 点，我们到达了一个水塘边上，停下来休息，骡马们在周围啃草。趁此机会，我去捕捉一些昆虫做标本。在拍打灌木丛时，我惊起了几只鹌鹑和鹧鸪，立刻，"昆虫学家"摇身变成了猎人。这是只漂亮的雄性雉鸡，它为冒失地来我们休息处附近闲逛付出了生命的代价。我们的马夫，从来没见过枪打飞行中的禽鸟，对我此举表示目瞪口呆，在他们看来，这就像变戏法一样不可思议。

云南的雉鸡体型比法国的小，但很明显，两者是同一类的。云南雉鸡羽毛的颜色更鲜艳，雄性的头上有角状的羽冠，看着非常优雅。这些雉鸡肉质很鲜美，在整个旅程中，它是我们极为重要的食材来源。尤其是在滇西北，雉鸡数量很多。

在这个肥沃又令人赏心悦目的坝子上走了 3 个小时后，下午 4 点 30 分，我们到达了临安府。

临安城的居民看我们的眼神不是很热情，却也没有恶意。马夫们领着我们到了一家又小又破的客栈。据他们所言，这是城内唯一一家能同时接待人和驮畜的客栈。单对旅客来说，城内还是有一些条件更好的客栈的，但它们里面都没有马厩。而我们也不想和马夫们分开，因此便同意在这家客栈住一夜。这家客栈既不通风又很阴暗，边上的一条水沟散发出恶臭，我拿了一些木板和土把水沟给掩盖了起来，但可怕的气味还是驱之不去。臭气是从隔壁的一个小院子传来的，那儿有一堆粪便似的东西，可我找不到可用的泥土去覆盖它了。同时我也发现人们在嘲笑我的这种敏感。

我让人把小院子的门关上，然后撒了一些石炭酸。只有侍弄着炭火上烤着的野鸡才是我们等待的一天中最美好的时刻！然而，此时此地，即便是空气中肉香四溢，也无法弥补周边环境的扫兴。

吃完晚饭，我们爬上了一个平台，那儿终于可以呼吸到清新一点的空气了。从平台我们又爬上了一个阁楼，翻过阁楼的窗户，我们爬到了屋顶上面。在这，难闻的臭气已被我们甩到了脚底下。夜幕降临，四周一片宁静。护卫的兵丁和仆从，三三两两地各自出去到城里办自己的事情去了。突然，脚下的院子里传来了一阵尖叫声。

是客栈老板，他刚刚抓获一个躲在桌子底下的小偷。小偷藏在那窥视时机，抓到他时，他手上拿着一个偷来的搪瓷热水壶。

小偷被五花大绑，仿若掉入陷阱的动物，任凭人们处置他。有人被派出去找我们的护卫兵丁。兵丁回来时跪在我们面前求我们原谅他们工作的疏忽，然后押着小偷往县衙而去。在县衙内，小偷被狠狠地打了几杖，然后脖子被戴上了枷锁押回了客栈。他被铁链锁在门槛上，几个兵丁看守着他，就这样过了一夜。我看到他时，他蹲在那儿，眼神呆滞冷漠，一副逆来顺受的样子，嘴里吸着水烟筒，几乎一动不动。我给他拍了几张照片。可怜的家伙。

今早，我在城里转了一圈，考察了各种摆在商店内出售的欧洲制造的商品。之后又了解了中外主要待售商品的一些详细资料。临安城商贸发达，大街上每天都有集市且人潮汹涌，道路常因此而阻塞。跟其他市集一样，当地集市上占主要地位的商品货物是食品、蔬菜、水果、家禽、猪肉、调味品和各种香料。流动货郎们拿着篮子，里面装有针头线脑、绣花用的丝棉线、剪刀及其他小玩意。这种小商贩在大城市里已不多见。临安府也算是个大城市，竟然还有。

我独自一人在街上闲逛，一直走到了县衙门口，然后穿过城门，在城墙外转了转后又进了另一条街。这条街主要是卖木料、米和其他谷物的地方，同样，人也很多。

回到客栈，我拿上了我的双镜头照相机，叫上了几个护卫兵丁，再次回到了街上。我给牛车拍了照，还有茶馆及里面巨大的茶壶以及各种建筑物。毫无疑问，这里所有的一切对我来说都是从未见过的，令我叹为观止！我在的这个地方是云南最为仇视外国人的城市，这是个令人畏惧的地方。它的人民想保住它常胜不败的勇猛声誉。临安的百姓，看起来真的是刚毅倔强。对这一点我一点都不怀疑。我自己都没意识到，刚刚我独自在外面闲逛，是冒了多大的风险。

从思茅过来运茶的马帮会经过临安府，然后再前往滇中或滇东。

这些茶来自普洱、易武和易邦等地。通常，人们把新鲜的茶叶运到普洱，在那里晒干，然后用香蕉叶包起捆成块状或饼状。包装的大小和形状不一而足。

在云南，这种茶的受欢迎程度远超其他茶叶。它并不是在某些官方报告内所描述的那样："这是一种很特别的茶，只有北京人才喜欢喝。"此外，这些官样文章都带有很大的偏见，它们通常都想竭力地诋毁这个国家。这种茶也不是 Elisée Reclus[①] 在他的成名著作《中华帝国》一书中所描述的："普洱茶在云南及全中国都很受欢迎，尽管它有股麝香味。但要把它引进到外国，代价太高昂了。"这个博学的地理学家和其他很多人一样，犯了个不严谨的错误。这种错误是借鉴了那些旅行者的叙述引起的，而这些叙述是在随意观察之后得出的一些想当然的结论。

实际上，普洱茶一点都不贵（在所有省份，零售价大约每千克1法郎）。而小叶茶种，尤其是丝叶茶（白毫）产量比较少，这种茶叶不像其他的中国茶一样靠添加花瓣来提香，比如添加玫瑰花、茉莉花、橙花或其他花种，所以这种茶的口感对欧洲人来说太过于寡淡了。

在云南，普洱茶的交易数额巨大，人们也将它销到四川、贵州、广西以及东京。1901年，思茅厘金局盖官戳的普洱茶数量是25000驮，这也意味着它的实际成交数量是这个数字的2倍甚至3倍。原因众所周知，厘金局常年的敲诈勒索让很多中国商人为了在检查时躲过他们的盘剥，只申报实际商品数量的一部分。

今后，等我们的铁路建成以后，研究这些周边地区将会更为便利，也可让我们更好地看清当地的状况。不少当地人就希望把这种状况搞混以便从中得利。还有，今后驿道的通行条件将大为改善，贸易往来条件也不再那么苛刻。最后一点是随着政府官员变得清廉，敲诈勒索将变得越来越难。思茅现今穷困的现状，我坚信是能得到改变的。茶叶的出口

[①] Elisée Reclus（1830—1905），中文名叫何可律或雷克吕，法国地理学家、作家，无政府主义思想家和活动家，著有19卷的代表作《地理大全》。

会给当地的农户带来远比现在大得多的收益。到那时，此地也会变成法国棉花布匹及其他法国制造的商品的一个重要的出口市场。

而目前，思茅的居民在卖了茶叶后，只购买一些少量的必需品，如棉花、纱布和盐。

言归正传，早上11点，我们太平无事地走出了临安城的城门。沿路的"虎狼之士"[①]看着我们鱼贯而行并没做出破口大骂或咆哮之类的事情。前行翻过几座被雨水冲刷得沟壑纵横的山坡，道路崎岖不平，但天空蔚蓝纯净，土地色彩斑斓迷人，行走其间，也算心旷神怡。周边的丘陵是由三叠纪的虹彩泥灰岩和黏土构成的，雨水的冲刷让山脚的溪水变得肥沃，同时也冲出一片平原。狭窄的山谷之间，有些相连，有些分离。随着时间推移，这些土地因为侵蚀冲刷而慢慢变得平整。年复一年，可耕种的土地面积得到增加。这也是为什么在这种情况之下，森林的过度砍伐通常制造的都是灾难，而在中国，却意外地创造了一些很好的结果。

下午1点30分，我们到达了新房。几年前，Marcel Monnier[②]先生也经过此地。相似的景色让他以为他到了阿尔及利亚的某个地方。周边是干枯的山岭，还有土坯房和仙人掌，这些都不由得让人想起阿尔及利亚的某处或突尼斯南部Ksours的景色。（译者注：突尼斯南部Ksours或许是笔误，应该是Ksour，是突尼斯偏西北部的一个小城。）

出奇地巧合，我对此地的印象跟Marcel Monnier先生完全一致。他的大作《环亚之旅》我还没拜读。在我的旅行笔记本上，我当时草草记下了下面几句话，此处为我逐句摘抄："我们在一段夯土墙边的树旁

[①] 此处的"虎狼之士"，意指清咸同年间，在临元镇总兵梁士美的带领下，临安曾一度成功地顽强抵御各方攻击，割据自治。

[②] Marcel Monnier（1853—1918），法国探险家、记者、摄影师，足迹遍布世界多个大洲，并有各种报道及照片，1899年环亚洲旅行时到过云南，并发表了一篇著名文章，题目是"中国的未来"。对中国未来的崛起有过先见之明般的预测。

休息，此地让我想起了突尼斯的 Sfax①（斯法克斯）城、土坯墙、仙人掌，让我以为我是在阿尔及利亚或突尼斯。"

进入村子后发现此地似乎只有客栈。非常惊喜地，我们碰到了利顿（Litton）先生。他是英国女王陛下的驻滇领事，正要赶往昆明。我们是在蒙自的宴桌上，通过法国驻蒙自领事宋佳铭（Saison）先生的介绍而相互认识的。此处再度相逢自是十分让人愉悦。利顿先生是个十足的绅士，他在英国领事馆的一众精英官员当中，亦十分醒目。这些英国领事对中国均极为了解。在这个群体中，有一些十分卓越的人物。

这些领事的整个职业生涯都是在中国度过的。从大学出来，他们就在不同的、专门的岗位任职，这些岗位让他们的汉文书写和口语方面得到了极大的锻炼和提高。直到被认为已完全掌握这门语言时，他们才会被任命为某一职位的正式官员。这些人中，有一流的探险家，比如利顿先生，就完全可以被列入此名单之中。8 年来，他一直在路上，他走遍了广西、广东、四川、贵州，尤其是云南。他的汉语，不仅官话讲得流利，他还会讲广东话、四川话和云南话。

这不禁让人在我们两国的领事之间做一个得罪人的比较。英国领事不仅对他职责之内的地域十分了解，而且还了解其周边的省份，我该如何表达？他们甚至了解三分之二的中国。至于我们的领事，多数是初次来中国，并且，在回到他们来之前的南美、土耳其或波斯等地时，只是中转般地在中国短暂任职。

如果你去读读他们的领事年鉴，表面上感觉更有收获，但我觉得更多的是让人沮丧。而这就是奥赛宫（法国外交部）的传统和风格。他们的外交成果自然是十分平庸的，至少在中国是如此。某些在中国任职的外交官员的毫无经验是有目共睹的。

人们说，在和中国人交谈时，通译的帮助将大有裨益。而我一个持相反观点的领事朋友跟我看法一致，那就是当你不懂谈话对象的语言时，译者会凌驾于你之上。而他们却说道，不懂语言反而给你留了足够

———
①Sfax 是突尼斯的一个港口城市，也是突尼斯的第二大经济中心。

的思考空间。既然这样,那好吧,就让我们继续任命懂汉语的人去墨西哥或巴拉圭,然后让那些在波斯长期任职熟悉当地风俗习惯的人来云南吧。这,就是我们普通人无法理解的我们所谓的外交传统。

而英国人从来都不会像我们这样想,他们的做法跟我们正好相反,且他们收到的效果也相当不错。

利顿先生殷勤地把客栈最好的房间让给了我们。这个房间十分整洁,这是罕见的。

新房的客栈老板一家十分热情。他们中有人脚上受了伤,我给他做了包扎。很快,为了表达谢意,他们给我送过来十几枚鸡蛋和一只漂亮的公鸡。我收下了鸡蛋,但却随便找了个理由谢绝了公鸡。虽然我能感觉到,我这种拒绝谢意的方式可能有点过了。

6月6日,双方分别之时,利顿先生询问我们是否已在昆明找好了落脚之处。他好心地提醒我们说昆明的客栈也是比较糟糕的。由于对这些细节上的事情一无所知,关于这个我们还没考虑过。他建议我们预定法国领事馆旁边的一所带小花园的房子。这座房子几个月前被英国圣公会的几个传教士租用,现在应该已经空出来了。

不由分说,我们立即接受了他的这个建议,因为利顿先生肯定比我们先到达昆明,并且也比我们更熟悉道路。而我们,因还有考察任务在身,一路肯定会有各种事耽搁行程。

今天这站路高低不平得很,我们翻过了好几座树木茂盛的小山岗。山脚下的尽头处,层叠的稻田围绕着数个村子。

路上碰到一些樵夫,他们正担着柴和做火把用的松明从山上下来。这些东西是要挑到临安府去卖的。此外还碰到其他几拨人,他们挑着蓝靛和木勺木盆。这些都是当地的特产。

馆驿城的筑城位置选得非常精妙。它位于一块台地上,富饶、肥沃的曲江河谷平原一带受其控扼。曲江河流入南盘江并最终流入广东。城西边的山上流下一股溪水,在曲江台地的脚下蜿蜒流淌,城边有一处

山谷，谷内沟壑纵横，现在还能看到谷内一些精心打理过的果园所留下的遗迹。该处的景色让我们想起了阿尔及利亚特莱蒙森周边，或者更准确地说是格林纳达，又或者是阿拉伯地区的安达卢西亚半岛某处美丽的地方。

馆驿台地的土壤是砂质黏土且混杂着富含钙的冲积土，是一种非常优良的土壤。荒芜的稻田很容易重焕生机。此地也非常适合饲养绵羊。在我看来馆驿是云南南部最好的地方之一，对于它，我寄予厚望。

还有件事让我惊愕不已，甚至应该说是感到痛心。在我到达客栈之后，在我们房间用新刨木板所做的隔墙上，被人用蓝色的铅笔潦草地写了下面这些话：

给路过的法国人的一些建议：

我去过蒙自、思茅、大理、云南府，然后又再次回到蒙自，我认为我已走遍云南。

整个云南省还不如一个安南土著步兵有价值，与其在此地浪费钱财，不如更好地将钱花在印度支那甚至是阿尔及利亚和突尼斯上面。

（此处落款被涂掉了，取而代之的是笔迹相同的下面一行字）

一位法国领事

不，真的，写出这些话的恶作剧者——我不愿相信它真的出自一位法国领事之手——他根本没考虑过这种行为将带来的后果。

我一边用猎刀的刀尖刮去了这几行字，感觉自己像个卫兵一样在护卫着什么，一边伤感地想：法国人在外国，公开地进行自我诋毁，这种荒唐事也是常有的。就在这个中国客栈，今晚住在这个房间的本应该是英国领事利顿先生，是他的慷慨好客，把这间房让给了我们夫妇，因为它是这间客栈最好的而且是最干净的房间。如果不是这种巧合，代替我看到这些散发恶趣味、胡言乱语般文字的应该是他，更糟的是下面的签名是"一个法国领事"。此人做事根本没认真想过，在云南，能用法语书写且可疑的旅客人数并不多。鉴于最近恰好有一位法国领事途经此地，他在隔墙上写下这些话，也不是不可能。谁知道呢？他本应该想到，若是他想用这种方式来发泄他的不满的话，他应该把这些话写在报告里面的。

此时，我环顾了一下四周。我惊讶于此处的洁净。此处的美好和周边所遭受的残酷劫难感觉一点都不协调。院子里有一些鸟儿在放声歌唱，在这个美好的春日，四周的氛围给人以一种过节般的闲适。

院子里面，番荔枝粉色的、轻盈的、微微开裂的花瓣一团团地簇拥枝头；石榴树的大花朵在绿色的枝叶中鲜红如血，这些树都被种在精心雕刻的石质花盆之内。

我们在馆驿逗留了两天。利顿先生得继续赶路了，他没理由再在此地耽搁。我们约好在昆明再度见面。按他一贯助人为乐的个性，他必将竭尽全力帮助我们，以免我们到达昆明时遭遇各种烦心杂事。对一个有经验的旅客来说，他会很清楚，旅途中大家相互帮一些小忙，会起到很大的作用，而且这种行为也很受欢迎。在旅客走完一站艰苦的路程后，到达一个早已准备妥当的落脚点，这是何等的愉悦啊！

到达一个中国的城市，总是会碰到各种意外和烦人的事。除了我们会成为紧随不舍好奇的人们的"猎物"之外，个人一些生活习惯的不适也是一种真正的折磨。还有，要么是住所选得太糟糕，要做搬箱移柜这些看着很简单的事情——最后，还得到处去找各种补给。

人们根本无法想象，这些表面上看起来很简单的事情在中国实行时的艰难程度。常有的情况是：人们对你说市场关门了或店家不在，你不得不跑很远的距离，从城这头到那头，还要忍受店小二无尽的磨蹭，只是为了完成一件很简单的事情。很多时候，白天的时间都花在了各种商讨上，而不是在解决实际问题上。然后，天黑了，你想做事情时又有

人来拜访了：不是马夫们前来结账，就是来要预付款的人。银两必须提前称好，因为这是当地唯一的货币，成百上千的铜板要清点，连最简单的结账都要花上一个小时。而这时，有一个熟悉情况的人住在当地，他花精力把一切都准备妥当，这真的很让人如释重负。

我跟乐于助人的利顿先生的关系鲜明地打上了这种色彩。本来这种团结就应该存在于我们这些远离中国的欧洲国家的人民之间的。大家彼此之间互不妨碍，各自从自己的角度出发尽自己的职业义务。我明白，英国人忠诚于他们自己的国家，他们要强烈捍卫自己国家的利益。同样，作为法国人，我也会为自己国家的事业做贡献。虽然这些利益之间常常会有冲突，且他们和私人关系无任何共同点，但即便如此，这些也丝毫不影响我们之间这种高尚的关系。

我们的"问诊"生意非常兴隆，来了很多求医的当地人。大多数人都是胃肠的问题：诸如肠胃功能失调、肝病、小肠功能紊乱等。这种现象是由中国人的不良习惯造成的：夏季来临，很多人吃了没有完全成熟的水果。

6月8日，我们离开了馆驿，路上穿过了一个凄凉的村子，村子废墟之中矗立着几所房子，几株漂亮的葡萄藤爬在墙面上。下了台地，我们登上曲江河小支流上的一座石桥。过桥后翻过几座山丘，到了一个风景优美的山谷。

一路到通海的风景都格外漂亮。我们不敢奢望有比这风景更漂亮的行路了。

视线在平坝上延伸到远方，可见到成千上万只白鹭，一些飞到坝子的尽头，那里有黛色的群山，一层淡淡的雾气在山上升腾而起。

在这块既肥沃又温润的坝子上，稻田和园子鳞次栉比。这些都是村民们所播种下的希望，它们的繁盛不亚于四川一些最富足的地区。

大栗坪村有一座小庙被临时充作戏台，这也证明了当地村民们颇喜欢消遣。一丛丛的金银花装点着村中房屋的墙面，或者是前赴后继般地攀爬上了一些古老的断垣残壁，野蔷薇和铁线莲到处疯长。

到了河边，一座竹桥架在河面上，一半的桥面板已被抽走。骡马们须蹚水而过。我们的坐骑好像并不想给我们选择的机会，径直就冲到了水里。对这些小体型的马来说，此处的河水有点深了，少顷，它们不得不开始划水，连着我们也得了一次坐浴。但在这个温和的春日早晨，却一点也没让人觉得懊恼。

过河以后，我们就开始爬一座陡山，此山在河的左岸，我们要翻过此山到另一边的山坡，从那可以到杞麓湖和通海城。

山路弯弯曲曲，但保养得还算不错。一些漂亮的山谷忽左忽右，穿行其间，到处都倾泻着清澈的溪水。爬山一直不停地持续到中午休憩时。马夫们找到的休息地点相当完美。骡马们利用这个时间在边上吃草，跟下面坝子上粗硬的灌木丛相比，此处的草又柔软又肥美，骡马们大快朵颐。此处海拔超过 2000 米。在我们周围的山地上，是一些勤劳、耐心、灵巧的农人们修筑的梯田，层层叠叠，绿意盎然。几株蒲葵挺立其中，树干挺拔，他们优雅的羽状叶子矗立着，在林木茂盛的山坡上，展示出它们极具个性的侧影。

到处都是果树，桃、杏、梨，所有这些树都让我们想起了法国。这是多么美妙的时刻啊，它将被深深地刻在我们的记忆当中，就像我们对云南最初的印象一样：美丽且真实。它跟我们欧洲南部的温带地区是如此相似，和那些热带地区又有如此大的反差。在那些热带地区，景物与法国如此的不同，背井离乡感于是油然而生。对充满魅力的异国风情的热爱，实际是种情感上的背叛。

休息了 2 个小时后我们重新开始赶路。下午 3 点 30 分，我们到了通海城。今天从早上 6 点 45 分出发，这一站路真的显得非常短。

从面湖的山坡下来时，道路相当不平，越往下走，沿路树木被砍伐的就越多，尤其是接近通海城边时。那里围着几座寺庙，寺庙被一些不高的神树所围绕，景致已十分汉化。

客栈位置极佳，它离城和湖都很近，坐落在一株大松树下面。松

树的树冠遮盖着一座迷人的小型寺院。

我们刚安顿好，就有人送来了一大盘食物，是通海知县送过来的。有两只鸭子、两只鸡、几十个鸡蛋、一条大鲤鱼和一大块新鲜猪肉。我给了来送礼的人一大吊赏钱。对于这个好客的官员，为了避免礼节上的怠慢，我也马上派人送去了我的礼品：几卷带子、一瓶香水、一个小喷壶及一个闹钟。所有这些东西都用红纸包好——按照中国人的习惯，这是对礼品的一种装点。礼物送出之后没多久，我的人又带来了知县的感谢函，并告知知县明日将过来拜访。

今天我们住的小房间是在二楼，房间朝向湖面。远离了城市的喧嚣和难闻的怪味，这是一种完美的宁静。夜晚有点冷，外面下了一场阵雨。在这安静之处，我们度过了一个放松又轻快的夜晚。

6月9日。今天一天都用来参观通海城了。通海是云南很有意思的城市之一！

杞麓湖边人烟稠密、土地肥美。这个地方格外适合种植洋芋和烟叶。整个地区工业和农业活动都比较兴旺。从红河航道运进来的、产自印度和东京的棉花被用来纺线。在不少村寨内，随处都可见到人们在准备一些经纱。纱线放置在露天的支架上，此外还有缲丝机，家家户户都有一台织布机。这种机器只能纺出窄幅布，但云南人习惯用这种布了。

布织好后，接下来就是染色。染布在通海城甚至是城周边的村子都是一项比较发达的手工业。人们使用本地产的，特别是来自新兴州的靛蓝来做染料。

街上十分热闹，今天有个大集市从早上就开始赶了，一直到近傍晚才收摊。

农人们每天把烟叶运进城卖给那些手工作坊，后者将烟叶加工成可吸的烟丝。在通海，像这样的作坊有90个。

烟叶首先被晒干，然后放入油（最好是罂粟籽油）中浸泡，然后放入某种类似压钳的工具上压实，再一捆捆地绑紧。之后，用一种跟我们的木匠所用的名叫长刨的类似工具来刨烟叶。烟丝的粗细取决于刨子，即取决于刨刀刀片露头部分的长短。中国人更喜欢很细的烟丝。这种切好的烟丝通常是放在著名的水烟筒上抽的。切烟丝的作坊自己并不出产原料，每天早上，他们从市场上大量购买一天活计所需要的烟叶。

在云南，购买通海烟叶的地方越来越多。从全省来看，通海烟叶有取代之前占优势的广东烟叶的趋势。

通海另一个特产是面条，有不少作坊都在制作这种食品。他们直接把晒面条的架子露天摆在街边，这跟众多染坊晒蓝棉布的晒架交相辉映，给了通海城一个手工业尤其兴盛的景象。

值得注意的还有普洱茶的大量交易和众多的冶金工业，有不少铁匠铺、锡壶铺和铜器铺等。通海的糕点和蜜饯铺也为数不少且声名远播。

当地的繁荣让其对一些欧洲制造的商品有了大量的需求。比如煤油，各种布匹，尤其是广州丝织品，还有英国棉布，及做靴子的绒布、绦子和纱带及钟表和五金商品等。看完这么多的店铺，让我们来看看中式的食品：腌鱼、菌子、海参、鹿茸和鹿筋、燕窝、香料和各种调味品。

通海，是全省除云南省府之外商业地位最重要的城市。

下午2点，通海知县来访。他穿着很隆重的官服，外表显得很友善。知县出身上海，他非常欣赏西方文明所带来的各种便利。所以他对欧洲人很有好感。他对我的汉式穿着表示赞赏，接着对我送他的各种奇妙的礼物极尽溢美之词，并对他送我的礼物之寒碜表示歉意。他把自己送我的东西贬得一无是处，他认为那些东西配不上我这样高贵的人。

轮到我了。我登门到知县衙门去拜访他。如同大多数的官员一样，为了让人相信他们的廉洁，府邸故意要显示出一种简朴之风。他的衙门有点简陋，客厅更是寒碜：几块破纱烂布挂在墙上权作帘子，几把椅子和一张木制的上漆粗糙长凳，构成了一个简单的家具摆设。

面对复杂的礼仪，我已应付自如。问候、鞠躬、恭维，这些都是

中式拜访中必不可少的排场。

　　我们谈了当地的物产及未来的前景，他尤其对铁路修建的话题感兴趣，认为铁路的修建将对本地大有好处。

　　剩下的一个话题，是让他感到惊讶的一件事：关于我们的惊人的财富。最后，他对我说："修铁路得花巨额的金钱，得几百万银两吧？你们是如何筹集到如此巨额的金钱的？除非你们非常富有！但你们又是怎么变得这么富有的呢？"

　　我回答道："我们西方国家，财富得益于便捷的交通，它让我们可以方便地同其他国家进行商品的交换，因此工商业的发展有了一个巨大的飞跃。这些是那些缺乏便捷交通的国家如中国所无法想象的。"

　　还有，我对他说："你们这个地方非常适合种洋芋，但你们连一担①洋芋都无法运到东京去。还有你们的烟草，你们千辛万苦才能运个几千捆到北方或东部。但如果交通便利的话，你们可以卖几百万斤到那些没烟叶的地区。"

　　"有道理。"他说道，"只要有人买，我们每天可以切超过1000捆的烟叶，我们的洋芋也是全云南省最好的。如果铁路通车的话，它就可以低价运送这些产品。毫无疑问，我们这个地方将会变得富有。"

　　没必要再等待中国人精神上的革新了。关于进步这一点，中国人根本就不是无动于衷的。这点是不可否认的。现实中，尤其是对于实用的东西，在思想上特别是在道德准则上，中国人可能是一回事，但对于能改变他们物质生活条件的事物，我们发现，中国人已完全准备好接受现代文明的改良了。

　　如同京汉铁路开通的第一阶段，人们发现，大量的贸易自发地就形成了。虽然因为铁路干线很短，造成贸易很局部化，但会有这种景象，当初人们是完全没有预料到的。小老百姓跟达官贵人一样，甚至前者对铁路的使用更是有过之而无不及。一大帮小商贩自发产生，他们就靠这既便宜又迅速的新的交通方式来维持生活。

①担为中国当时的重量单位，1担约等于60千克。

可以肯定的是，我们的铁路越早通车，巨大的贸易将越早诞生和发展，并且将形成一个我们无法想象的巨型的出口贸易网络。这些是不容置疑的。我相信这个贸易网络的重要性会超乎我们的认知。如果我们不是因为考虑到一些其他的因素而改变了铁路路线，这个贸易网络本来应该会有更大的收益。新的铁路线路通过的是一些更为贫穷和人口更少的地区。

傍晚，我们去湖边散了一会儿步。我注意到那儿有很多砖瓦窑，它们用的燃料是混合的：松木和煤砖。煤砖是用粉煤和黏土混合制成的。

这些粉煤也用来跟一些陶土混合，这样做出来的东西带有灰黑色，中国人很喜欢这种颜色。回来的路上我们花了45块大洋从一个当兵的手上买了1匹他养的滇种马。这匹马还很年轻，不到3岁，体型很好，甚至算得上漂亮。

6月10日。在一个阳光灿烂的早晨，我们离开了通海。早上7点30分，马帮启程，一出城门，眼前的景色就让人心醉神迷。这种风景我们在日本最出名最优美的地方都没有碰到过。一条欢快的小溪从山上流淌下来，溪上横跨有一座石桥，桥上古老的雕塑满布青苔。溪边有一棵树，冠盖蓊郁，一条小径贴着溪流蜿蜒向前，透过溪边树叶的间隙，我们看到，小溪最终注入了一个湖。穿过一棵古树的树冠下部，我们沿着一个深潭边前行，一座优雅的汉式亭子突立在潭水上方，潭水倒映着亭子柔美的曲线，这是当地一处非常著名的泉水。附近有一所宅院，这是一位风雅的官员建来避暑的。

道路继续在树荫底下穿行。

路上碰到一些拉着生铁的牛车，还有驮着烟叶和盐巴的马队。一些小骡子在草地上奔跑嬉戏，草地上还晒着一些有点泛白的长幅棉布。

早上10点30分，我们到达河西县。走在进城的路上宛如进入一个花园。坝子的路边种有绿篱，其中有野芦笋，看到它们柔和的枝条，

在某一刻，我好像回到了在阿尔及利亚度过的年轻岁月。在那里，当一些传统节日到来之时，人们会用这种植物的枝条编成一个个很好看的花环。

路上满是穿着五颜六色服装的男男女女，今天是隔壁村的一个大集市。四邻八乡，坝子和山上的人都蜂拥来此赶集。健壮的彝族人带着他们的媳妇一同过来，后者束有不同的发式，看着非常赏心悦目。

河西县城给人以贫穷和匮乏的印象。这种感觉在人和物均十分兴盛的通海是没有的。河西和通海有巨大的反差。

这又是一个让人痛惜的城市。尽管它并不位于人畜往返频繁的官道上，但也未能躲过战乱。城边的许多村子中，我们看到很多的织布工和染布工，这个手工业在当地也非常盛行。

6月11日。彝族人真的非常讨人喜欢。我们碰到很多忙着在田里面栽秧的彝族人，他们均身材高大健美。男人们用自豪且没有恶意的眼神看着我们。一个矫健的小伙子，看到我把照相机对准了一个站在路边的年轻姑娘，他迅速地跑过来挡在了我和她之间，摆出一副傲然挺立、理应保护这个姑娘的样子来。但他的眼神中没有挑衅，没有愤怒。他一言不发，也没做其他什么举动。就这样，我们静静地走开了。

从早上9点开始，我们一直在上行，前方所到之处让人心旷神怡。此处海拔1950米，四周是果园和菜园环绕。周边的土壤是轻质的红土。穿过一些用绿篱和土坯墙隔开的小园子，进入一条小路，路上方的枝叶和藤蔓相互缠绕，织成一个穹顶。这幅景象让我误以为来到了阿尔及利亚城郊的某些小路上，那里有一些漂亮的地方，常常被冠以诸如"法国之境""凉谷"等等之类的美名。

到了海拔2000米的地方，有个村子坐落在山脊线上，名叫官坡。此处空气令人治愈，周边的园子和松林也是狩猎的好地方。但我们必须赶路，今天还要下山赶到新兴州（今玉溪），如在此处逗留过久，到新兴州就会很晚。今天的这站路又长又不好走。

在一棵黄连木浓密的树荫下，我们休憩了一个小时，也让驮畜有所休息。此处山岭起伏但视野一望无际，我们置身于冷杉林中。

从此处到下面的山谷，下坡路非常陡峭。下到海拔1750米处，我们穿过了一些当地人种植的板栗树林。板栗树被打理得很好。随着我们离城越来越近，村庄也越来越多。下午4点，我们到达驿点。

这次下榻的是一家全新的客栈。房屋新刨的木头散发出松脂的香气，房子看着也很悦目。女店主非常殷勤，她跑前跑后地忙着招呼我们。从蒙自就跟着我们的护卫兵丁，这次罕见地先我们一步到达客栈，早已向客栈各人吹嘘我们的种种。这样也好，他们是我们良好名声的传播者。蒙自道台在护卫兵丁一事上做得很明智，一开始他给我们派了12人，后来在我们的要求下，他减了一半人。这些兵丁穿着崭新的制服短衫，短衫用红色毛料制成，上面有黑色灯芯绒镶边，前胸和后背上绣着大大的汉字，质地也是灯芯绒。他们的武器是戟和三齿叉，他们戴着宽大的帽子，帽檐下面，是这些家伙一副神气的样子。

这些护卫的兵丁，按例，我们每天要给每个人100个铜板（约合25生丁），但时不时地，我会给他们一些额外的奖赏。

比如今晚，他们表现得非常殷勤，尤其是在下山的艰难道路上，而且今晚的客栈选得也很好，一切都做得不错，我给了他们1吊的赏钱（1000个铜板为1吊）。他们中的小头目让大家排成队向我表示感谢。

6月12日，我们到达了新兴州。州城矗立在一个小坝子上，无数的山路在州城所在的坝子里汇合，这些山路可通往思茅、云南府、通海县和临安府。新兴州是一个极为重要的中转点。

马帮更喜欢在城外的村子里休息，那里有许多客栈。尽管城内的客栈也不在少数。城内的主要街道上每隔两天会赶一次集，各种做小买卖的零售摊铺前总是人头攒动，生意十分兴隆。顾客主要是当地的乡民，他们购买的主要是一些便宜且粗糙的东西。街上也能看到一些大的商铺，那是贩运盐巴和棉纱的转运货栈。城内有一整条巷子都是染坊。

在城里闲逛的时候，我碰到一个藏族僧人。他刚从老挝回来，要回到拉萨去。对于这次相遇，我不失时机地引用作为案例，尽管它完全是一次偶然。但它可能从根本上印证了我琅勃拉邦的朋友对我说过的一些话，那些话是关于老挝和尚和西藏宗教之间的一些关系的。

对于这个话题，我在河内时有幸跟法兰西远东学院一些杰出的教授有过攀谈。我发现这些教授对很多现有观点也持强烈的怀疑态度。我认为去获得一些准确的资料，进行一些具体的实践是非常重要的。在某些方面它们可以对学者们的抽象研究进行一个补充，对学者们的理论概念的真实性及对生命本身都能带来一些谦卑的贡献。16年来，我一直在旅行，我不断地观察和学习。我自认我所获得的认知是准确的，因为它们是经过各种比较和对照的。而这些恰恰是许多专业学者所缺乏的。这也是今天在涉及宗教历史和人种学的知识上，我常对一些学者的观点不怎么信任的原因，尤其是在人种学上。正如我现在所处的云南，几千年来，当地各民族相互碰撞又相互融合，在这里，人类就像被狼群冲散的羊群，不断地进行分裂，这些族群相互混合后又被不同的生存环境不断改变。所以，我们是不可能简单涵盖和定义当地人的族群的。至少在目前来看，我们是缺乏真正科学的、严肃的标准来概括和定义他们的。然而，一些热心的旅行者，仅仅是途经该地，就自命不凡地给出了他们的见解。这些见解的出处是那些稳坐书斋、研究这些课题又肆意抨击那些超出他们认知范围的人和事的学者所给出的。

扯远了！我们说的应该是新兴州客栈。回到客栈后我们准备启程去北城镇，那里是我们今晚的住宿之地。

下午2点，当我们上路时，新兴州的街子正是最热闹的时候。卖棉线的商铺里挤满了顾客。我们通过蒙自转运进来的产自印度支那的棉线已经取代了印度出产的棉线，后者是通过思茅转运进来的。

沿着一条干涸的小溪边行走，溪岸是高大的柳树投下的浓荫，我们再次在坝子中穿行。天气炎热，好在今天路程不远。北城镇坐落在一个僻静的小山岗上，到那仅需短短2个小时。

北城镇的客栈是我们住过的最肮脏、最朽破的客栈。我的人在驱除房间内的大量的虱子、跳蚤、臭虫，房内烟雾缭绕，一幅凄凄惨惨的景象。我照例去城里面闲逛，城内有大量的客栈，说明北城镇也是一个马帮经常途经的站点。

正是晚饭时间，客栈内的上百号人坐在桌边，他们用筷子扒拉饭菜，大口地吃着，他们饥不择食吃饭的样子让我们感到震惊。至于声名远扬的筷子，我们一直以为它的使用方式跟我们的叉子是类似的，但事实并非如此。实际是：筷子的作用是从盛米饭的碗里将食物扒拉进大张着的嘴巴里面，犹如扒拉进一个漏斗内。米饭是蒸熟的。筷子还有另一个用法，右手持筷，用它像夹子一样夹住食物并送到嘴边。这些食物有切成小块的肉、蔬菜和中式做法的鱼。基于筷子的用法，中式食材总是被切成一小块一小块的。

很多客栈都是空的，人们告诉我现在季节不对。对于从昆明出发南下的商客来说，这个季节还尚早。

6月13日。昨晚虽然各种提防，但还是被客栈房间内的虫子咬得体无完肤。一大早，我们就迫不及待地离开了这个鬼地方。在被这些破虫子折腾了一宿后，一大早，和美的阳光、清净的道路，让人不由得精神大振。

路上所见，作物丰富精良，梯田连绵成片。海拔逐渐升高，此地最主要的作物是蓝靛——种植相当精心，其地隔约3米宽即挖有一条排水沟，每隔一段距离，筑有灌溉用的浆砌水池。水池内沤有人畜粪肥及一些黑乎乎的不知名的块状物（外形类似黑色的羊肚菌）。

为了方便靛青素的转化以获得更高的收益，每家人在靛蓝的种植和培育上都有其独门的偏方。

我特意绕路去看了看大营村，此村人口有七八百人，已成市镇规模，村子环筑有围墙。

到达新兴州

新兴州如今一派繁荣景象，周边的村子有 Chi-Bia（应为现今大营附近的西边村）、Hao-Hieh（此处应为现桃园村的听音或誊写错误）、Pichia（现为碧家屯村），村里面孩童数量众多——人丁兴旺才能保证村庄有一个美好的未来。

碧家屯村的房屋，在白色略灰的墙上，用黑墨画一些壁画作为装点，这让人感觉非常舒服。我大概算了算，村子里有 300 多人。

在人群的欢声笑语中，我最后拍了几张照片，然后我们就上路了。

山谷逐渐收窄，越往前行，树木愈来愈多。靛蓝田一直延伸到 Se-Feng-Guan①，该村位于一小台地上，四周被稻田包围。

此处海拔 2000 米，火绒草（按此处海拔应为鼠曲草，它与欧洲的火绒草长得类似，但并非同一种植物）随处可见，一种我从未见过，但在云南到处都有分布的酸果灌木丛分布于周围，几株冷杉，几块瘠地点缀其间。新街遥遥可望，离我们还有约 2 小时路程。

新街村也是一幅凄凉的景象，好像整个云南的邋遢鬼都汇聚在了此处。我们唯一能找到并住下来的一家客栈，完全破败不堪。

我们现在走的这条路不是官道。官道位置更靠东边，由通海出发

---

① 译者查了各种地图及资料，按作者行进路线，此时为离开新兴州前往昆阳州的路上，可能此处又是作者一书写或听音的错误，原文 Se-Feng-Guan 应为 Se-Tong-Guan 才对，既是现在的刺桐关，1949 年《新纂云南通志》上新兴县的地图上标为次通关。

◇ **玉溪周边的彝族女子**

经海门桥到晋宁州。这也是为什么当地几乎没有像样的客栈的原因,因为它们所接待的顾客,通常只有马夫和背夫。

6月14日。今日我们下行前往辽阔又漂亮的云南湖(滇池)边。此地人口开始变得密集,道路上有不少往返省城的人流和车流,运有时蔬、柴火、各色小商品等。行至一处起伏的小山岗,岗上有一村名叫Pe-Ka-Tse①,村内有数座幽美的寺庙,寺庙的院子里种有不少蒲葵树。当地居民为名副其实的农人,他们身体强壮,行动敏捷,看到我们经过村子时,眼神中流露出的是善意。

这跟昆阳州城内的居民形成了巨大的对比。那里的居民衣衫褴褛、

---

①现为昆明市晋宁区昆阳街道办事处所辖宝峰镇八街子自然村,属半山区,海拔1928米。

肮脏且带有令人厌恶的好奇心。从新街出发，我们走了3个小时，早上10点我们到达昆阳州。城内的房屋肮脏破败，随处可见前防御工事的废墟。城内正在赶集，街上挤满了大批的破衣烂衫者和乞丐。我们费尽九牛二虎之力才在人群中挤出一条通道。但在此地停留一天的计划落空，因为城内根本就找不到可住人的客栈。

当地人声称的本地最好的客栈看着就像一个垃圾场，客栈门前，两只肥猪在黑乎乎的烂泥地里面打滚，挡住了进门的道路。我从它们边上跳了过去，往里走，结果迎接我的是另一个小内院，也满是杂物和破烂，而客房的门正好对着这个院子敞开着。

跟其他地方一样，朝院子的房间窗户上糊了一层薄薄的纸。那些好奇者用手指一抠就破，而这，就是仅有的供采光和通风以及做隔墙用的设施了，房间内的烟尘根本就没办法排出。

要么忍受这臭烘烘的环境，要么就逃离此地。看了几家类似的难以入住的客栈之后，我们还是决定继续赶路。今晚住到晋宁州去吧，那儿是官道上的一个驿站点。

滇池湖面上银光点点，水面向北一望无际地延伸开去。湖边不远处有个汛台。我们在离汛台几分钟路程的一个叫西寺里的小村子里停下来歇了约2个小时。此处的位置在湖的南面，正是枯水季节，几艘刚从省城昆明或安宁回来的平底帆船，在滩涂上只有几厘米深的水面上艰难地滑行。在这满是泥浆的水面上，一些两栖类动物在笨拙地游动着。

离开湖边，道路顺着光秃的小山丘往前延伸，沿路间或可看到一些稻田和菜园。

离晋宁州还有一半的路程，在半路上我们看到一个人工筑成的土坝。坝上栽有不少树木，巧妙地围成了一个小河塘。旱季的时候，塘里的水可用来灌溉下游的田地。再往北走，可见一些蓄了水的旱地，那是农民刚放的水，是准备在里面栽秧的。

竹制的戽斗一级一级地送着水，它可以为离地面几米高的地方进行灌溉。

下午 3 点，我们到了晋宁州。这是一个无足轻重的小城，当地人多以零售马帮带来的小商品为生。然而，此地的生活物品却多种多样，相当充足。城内的客栈也宽敞整洁。客栈房屋院墙上做绿篱用的仙人掌正值花期，院内种有翠菊和紫菀，这些花是要拿到省城去售卖的。小城内菜园颇多，里面种有大量的白菜、生菜，还有烟叶，这些也是要拿去省城出售的。

稻田所处的位置稍低，此时正是栽秧的季节。小山丘上，种得最多的是豌豆和土豆，这两种作物也正值开花的时节。

围绕晋宁州大概半径 3 公里的范围内，我数了数大约有 30 个村寨，整个坝子一直延伸到滇池东岸。往北是省城，人烟跟此地一般稠密——这是片真正的乐土，人们在其间劳作，松土、锄草，这里的土地是如此肥沃，没有一寸土地抛荒，也没有休耕，到处都可见到不知疲倦的人们在轮种两季的作物。

正是在这块土地上，人们第一熟种有小麦、大麦、燕麦、蚕豆、洋芋和鸦片（此处引用作为主要作物的一种），第二熟种的是水稻、四季豆或玉米、豌豆。

灌溉用的水从山上引下来，这些水也很肥沃，含有丰富的微生物、腐殖质和矿物质。但在整个中国，人畜粪肥的使用均很普遍，它对地力的再生起到十分重要的作用。

乡村里面劳动力非常充裕，所以耕种几乎完全依靠人力。若是乡村劳力有了很大富余，城市就会默默地将其吸收过去一部分。千百年来，这种平衡和兴盛的局面得到了很好的维持。

6 月 16 日。昨日我们离开了晋宁州，远远绕开了通向省城的官道，我们走的是另一条路，打算去拜访一下澄江府。人们告诉我澄江府是云南最重要的工业中心。然而，见面不如闻名！澄江府的盛誉留在了过往，现如今，这一繁华已消失许久了。

从晋宁州到澄江府要翻过一座山梁，此山将滇池和澄江府大湖

（抚仙湖）一分为二。

早上 7 点，我们从晋宁州出发，行不多久就爬上了一座圆形山丘，此地低洼处被辟成小块的稻田，层层叠叠地分布其间。早上 10 点，我们到了一处海拔 2170 米的垭口，随着海拔的升高，气候开始变凉，湿冷的大雾将我们团团裹住。在一个环形的山谷里，我们的马夫找到了一块不错的草地，草地上方有一些绵羊和山羊在吃草。正当我们决定在此牧马歇息之时，湿冷的雾气变成了降雨，兜头而来。

在澄江府

我们缩在一丛灌木下面，胡乱吃了点东西，权当午饭。什么都是冷的，冷雨冷餐，冷得我们牙齿开始打战。稍微休息后我们就继续赶路了。将近中午，我们到了第二个垭口。此处海拔2220米，风景绝美。在我们脚下，澄江府城和抚仙湖历历在目。澄江府城四周筑有围墙，墙外有125个村子环绕，四周分布着稻田。澄江府城犹如花园中的一个巨大的棋盘。所有的这一切景物又构成了一幅水墨画卷。我们站在垭口处鸟瞰，宛如在热气球吊篮上俯视一般。

◇ 井然有序的马队

从山顶下来，我们进入这个漂亮的坝子。坝子海拔 1680 米，小溪流在其间纵横交错着流淌，然后又消失在绿油油的稻田之中。山上的冷雾已消失不见，取而代之的是春日般的和煦阳光。

进入澄江府城是下午 2 点左右，一大帮小孩簇拥着我们进城。此城与外界的贸易往来现在已不多了，看着颇为沉寂。城内的居民能看到外国游人前来，真是一桩令人惊奇的大事件。当时恰逢赶集，周边的村民将其农产品，如谷物、蔬果等运到城里来售卖，然后又买一些基本的生活必需品回家。当地的经济完全是本地范围内的交流，谈不上工业化，也谈不上规模。

在澄江坝子，我去参观了其中一个最重要的村子 Kiou-Lou-Sou-Na（应为现在的澄江县九村镇附近）。这个村子建在一块高台地上，景色宜人。一条小溪从中流过，溪水快入城时下跌变成一座瀑布。

趁此机会，村民们成群地围了过来向我问诊。我不得不对其中的 80 多人进行了简单的治疗。他们中有受外伤的，有发热的，有消化不良、肠胃有问题的，甚至罕见地来了个麻风病人。

夜幕降临，各种谢礼蜂拥而至，有又大又甜的桃子，这是云南最好的水果，其他的还有诸如面粉、成捆的米线、颜色各异的糖果等。

为了看看城里工商业的状况，我们出门去到主要街道转了转，还到几个寺庙溜达了一圈。所到之处，无数的孩童都来围观我们，但他们的眼神中无半点恶意。

6 月 18 日。今天终于到了昆明。我们下榻的客栈房间整洁舒适。客房所对的庭院让人赏心悦目，里面种满了各种花草，鸟语花香。而之前的一路上，客栈房间所能见到的只有无尽的令人不快的污糟场景。

昨日早上 7 点，我们从澄江府出发，早上天清气爽，温度计显示是 22 摄氏度。登上分隔两个大湖的山梁上的垭口之后，山的另一侧，一条下行的道路便是通往昆明的。

垭口处视野十分开阔，可以看到地平线尽头连绵起伏的群山。这些山坐落在北边，在昆明后面的山岭之上，好一幅宏伟壮丽的全景图。从眼前到无边无际的远处，果园连片，中间夹杂着稻田，一丛丛的果树之中，桃树尤其多。走了7个小时之后，我们到达了呈贡县（今呈贡区），这也是今早我们的出发地，亦是到达昆明前的最后一站路。从呈贡到昆明的城门口，我们走了将近4个小时。利顿先生早已安排妥当，遣人在城门口恭候我们，然后直接带我们去了住处。

终于不用再忍受一路上那些客栈里的臭气了。这家客栈让人如同回到久违的家中一样舒适。我可以自在地记笔记，给沿途采集的动植物标本进行归类，读一些法文报纸，还可以找一些亲切的同胞聊聊天。在重新踏上旅途之前，这是种难得的放松。

对于我们四处游历的生活来说，也应暂停下来一下了，好好看看和研究一下云南昆明这座城市。

省城昆明

马可·波罗笔下的押赤城，现如今城内的人口大概有 5 万人，而不久的将来，火车将通达这个城市。此城位置优越，坐落于几座小山丘之上，环以城墙，俯视滇池周边的坝子。滇池为云南最大的湖泊，绕其一圈约为 150 公里。城墙四周穿以六道城门，主街通向南城门，在其附近，每天都有街子。自南城门始，主街向北延伸，稍远些，街道向西拐了一弯，绕一座朝向主城的山丘而过，然后高低不平、弯弯曲曲的街道一直通到北门。

南门附近是最热闹的街区，在一段长为五六百米的街面上，各式商铺鳞次栉比，当中一些最受欢迎的铺子常常顾客盈门，人头攒动。若是街子天，此处总是人山人海，挤得水泄不通，让人寸步难行。人声嘈杂鼎沸的情状难以描述。在这条主街的左侧，有一条专做鞋帽的巷子，从此巷可通到总督衙门。此外，街上还有象牙雕刻工、铜铁匠、白铁匠、鞍辔商和各式各样的旧货店。各种服饰商品更是五花八门、琳琅满目地陈列着，颜色杂乱无章却又鲜艳夺目：不仅有裙子、女式外衣、样式各异且新旧均有的各种皮氅、各种时兴的长袍马褂、天蓝色底料带黑色齿状镶边的棉质乡下外套，还有蓝底白色图案的做工精巧的扎染布。

街的另一边有一整条巷子，里面是数量不少的棺材铺，再之后，又是几家鞋帽铺子，如此一直通到西门附近。再往北方向走，各种商铺才逐渐变少直至完全消失。

法国领事馆和邮局附近，有一条街多为玉器加工商占据，这个行

◇ **昆明街道**

业曾十分兴盛，现今已相当颓败。几年前，即英国占领缅北地区之前，成千上万的玉器雕刻工在该地开采玉矿石，开采所得几乎全部销往云南。其中材质最上乘者，中国商人趋之如鹜，并让人加工成手镯、扳指、耳坠及其他各种或精美或粗糙之物件。

云南省内玉器商加工所用的原料并非仅仅来自缅甸的翠玉和紫玉，产自西宁府的白玉也借道康藏的打箭炉（康定）输入此地。西宁白玉相比缅玉，质地更为坚硬，价格也更为昂贵。玉器交易是一项重要的贸易。

云南出口广东和四川的玉石，年估值可达到几百万法郎。

但这项贸易已经衰落，现在已不得而知了。

可以知道的是，在英国占领缅北后，他们想尽各种方法来吸引一些中国商号来落户，目的是让玉石贸易绕开云南。到现在，和玉石相关的各种产业的批发商和商号老板，大批地汇集在缅甸的城市曼德勒。

玉矿石会根据需要被锯开，切割成各种大小合适的样子，然后几乎全部销往广东和上海，只有少数次品会销往腾越和云南府。之后，玉器匠会进行加工和打磨以供本地所需，非出口外地。对云南省来说，这项贸易曾养活无数人，如今的衰败是一种彻底的损失。此贸易亟须重振。将来，或许法国一些工业化的创新，会给它带来欧洲市场上的大量生活用品的订单，比如伞柄、办公室物件、糖果盒、奢华的小瓶子、首饰等等。

愈往城北，商铺数量愈发稀少且简陋，一些街道甚至已经被废弃，菜园和稻田穿插其间。

在东城墙第二道门附近的一座山岗上，矗立着天主教云南教区的主教座堂及礼拜堂。1900年的庚子之乱中，旧座堂及礼拜堂被付之一炬。如今，宏大的建筑是新近在旧址上重建的。

最后，在北门附近有一座兵工厂，兵工厂不远处则是昆明城的制高点。这个地方修了座火药厂，如果在战时是完全暴露在敌军的炮火之下的，这种军事战略部署别提多拙劣了！为了展示自己拥有令人闻风丧胆的火药储备，却不得不以小心翼翼的方式将之暴露于敌军的炮弹攻击的危险之下。

城郊的每个方向都有其专门的特色。在西城墙的两道门外边，汇集的是与马帮相关的各种手工业者，有钉马掌的，有做马具的，尤其是制革商——大片大片的牛皮被用木架子撑开，放在太阳底下晾晒。也因此，这个街区的气味是不会那么好闻的。

主街道一直延伸到南郊。在那每天都会有街子，街上出售的大部分是粮食谷物一类的东西。当然，果蔬、肉类是少不了的。

鱼市上到处是滇池渔民在湖里打过来的鱼，尤其是鲜活漂亮的鲤鱼，它们被装在小木桶或鱼舱内直接运到南门附近来出售。

至于猪肉，几乎所有的市场上都有出售。其中最著名的是鲜美的火腿，它们常被一片片地露天摆放在摊档上出售。总而言之，市场上有五光十色的人群、洗干净的菜蔬、颜色鲜艳的水果、各式各样的草木药材，它们均被精心地摆放陈列。对眼睛来说，完全是一种饕餮盛宴。

城南郊，有一条小街是专供彝族服饰的棉布商和染布坊的，制售各种女士和小孩的上衣、裤子或短褂。这些衣服的图案均按剪裁好的模样和尺寸，在布料上敷以一层热蜡，待蜡油冷却后将布料放入染料桶中进行染色。这样的话，图案受蜡层保护，颜料无法渗入，而布料的其他位置则变成蓝色。等染色工序结束，再将此布放入沸水中熔蜡，最后，蓝底白图案的布料便制成了。这些图案样式都极为汉式，主要有蝴蝶花枝、龙凤花瓶等，看上去艺术感很强。

鞍辔铺子也很多。出售的汉式马鞍，在木质的鞍座上镶以饰物，还有各种用来装饰马胸的小物件，如马鞯、马缰绳，用细带编成的饰有玻璃珠子、珍珠、马鬃毛或红色羊毛编成的马缨子的马笼头。那些淳朴又活络的马夫们在进入省城时，常常用这些廉价的饰物来装扮马身的前部，并辅以铃铛的晃动和锣钹的敲打，以这种方式来吸引路人的注意力和招徕顾客。

骡马的装饰很招摇，特别是马帮中的头马，它身上的装饰更是五花八门：马穗子、小红旗，饰有玻璃珠子和假宝石的镜子，还有叮当作响的小铃铛项圈。

对欧洲的游客来说，在昆明城的城墙上散步是一件很惬意的事情！环绕城市的城墙上有一条几米宽的小径，此径随城墙环绕城市一周。遗憾的是，在上面步行，视线经常被墙挡住，不管是看向城内还是城外，这些城墙很少有开口，这也是中国在军事防御上让人觉得滑稽的一点。因为在战时，位于城墙内抵御敌军的士兵们，在这围城一样的走廊内作战，他们自己几乎是没什么退路的！

内城城墙新近才修建，它的设计更是体现了我的上述观点。它的作用是以一种荒谬的方式将自己孤立起来，让内城墙守御者和城内完全切断开来。此城墙是前任云贵总督的杰作。为了修建该城墙，他从清廷中央政府获得了一大笔借款，他认为修了内城墙，昆明城便坚不可摧了。实际上，这座小小的城墙的修建没花他几个钱，但他却常对外界吹嘘，这座城墙可以媲美四川省城的城墙工事。

因为这事，他被眼红他的政敌弹劾，理由是无能和渎职。最终，他不得不吐出来一大笔被他挪用的公款，款项被解往北京。而内城墙，据说因为在上面走的人太多，加速了它的倾圮。

尽管如此，城墙上还是可以找到几个豁口。出于散步消遣，同时可以躲避好事者的纠缠，城墙上面还是看昆明城全景的理想地方。

在上面可见城内的主街，街两旁店铺林立，但铺子都比较逼仄，里面可见到堆满的欧洲产商品，还有中国的丝织品、棉布、瓷器及各种小食品。此外，还有钱庄、绣坊、首饰店、各个药铺和糕点铺，它们硕大的木质上漆招牌，底色或鲜红，或暗红和黑色，相互争奇斗艳，上面刻有满满当当的金色店铺名。

从城墙往下看，城市是典型的中式布局，街巷杂乱而密集。对从未目睹者而言，这是一种难以描述的景象。所有的活动都在街上进行：人们在街上赶集、吃饭、谈生意，婚丧嫁娶的队伍从街上迤逦而过。到处都有又脏又臭的乞丐，他们在街上活着，又在街上死去。人群来来去去，对他们漠然视之。吱嘎作响的木轮车在拥挤的街上穿行，抬着官员的轿夫推开蝼蚁般的贫民，招摇过市，走不多远就会刮倒一个蹒跚走路的小脚老太，或是一个手脚有残疾的可怜人儿。

在一身中式服装的掩护之下，我毫无阻碍地融入人群之中，在街上尽情地溜达。若不是这番穿着，恐怕是不可能这般自在地进行市井观察的。

在中国的习惯上，有身份的人外出要么骑马，要么坐轿子，目的是避开各种推挤和身体接触以确保自己的体面。所以，定居在云南省城昆明的欧洲人很少步行外出。

对我来说，中式服装的穿着对于我能更好地展开对当地经济生活上的观察，给了我极大的便利。我为自己的大胆决定而庆幸。否则，这一路上，一些荒谬的或先入为主的偏见固然是少不了的。

在缺乏全面调查的前提下，要想评估云南总体的经济状况，哪怕是大概的，那也是不可能的！

四条通往省外的官道在昆明城内汇集。它们是昆明经济活动的承载者。

其中最重要的一条，是穿过红河谷连接云南省城昆明到东京的道路。今后，我们的铁路将加强它的优势地位。

第二条是半水路，半陆路，经广西、广东西部到达广州的道路。

第三条路是通往四川及扬子江的路线。该路线要穿过滇东北的崇山峻岭，那些地方连骡马也难以通行，只能靠人力背运。

最后一条路是由滇西通到缅北的崎岖山路，到缅北后过八莫，再经伊洛瓦底江航行约966公里到出海口。所幸的是，该河段四季均可通行汽轮。目前这四条主干道上的真实贸易额，没有一条能得出准确的评估。

事实上，某些进口的商品在经过由欧洲人管理的大清海关时，税费极为苛重，比如由东京方向过来经过的蒙自海关或者是由缅北进来所经的腾越海关。而其他的一些进口商品，因管控不是很严厉，几乎不用付关税。这是得益于边境上开辟的一些山间小道。大量的商品经由这些小道进出而未交税。如云南、四川、贵州和广西交界处的山间小道。比如进口量巨大的丝织品，却在关税登记册上写着大大的"无"字。据我个人的估算，这项商品的年交易额能达到1500万法郎。

一些欧洲商品和日本制造的商品的进口数量也是模糊不清，但它们的数量也不会少。因为借道两广携鸦片回到广州的商队的数量不在少数。据此可推测进入云南的欧日商品的数量。这些商品除了厘金局抽税以外，再无任何其他的管控。

我们只能依靠现有的一些大体上的经济数据来进行评估。据此得出云南省的进口和出口的贸易额是完全平衡的，因为通过现钱的方式进行差额支付几乎没有，所以我们得出的大体结论是：云南省进口多少金额的商品份额就出口同等金额的商品。

出口的商品中，根据其交易额计有鸦片、大锡、铜、药材、麝香、金银，然后是骡马。这些构成了年交易额约 9000 万法郎的出口商品的主体。

这个数字也是云南省向外部购买商品的年交易额。这些商品中，首先是衣饰制作必不可少的棉线，因为当地缺乏其他的纺织原料。其次是丝织品，这两项是大宗。除此之外是数额相对较小的商品如纱带、绦条、羊绒、针线、火柴、煤油、广州烟草、五金及其手工制品。还有挂钟、首饰、鱼和海鲜等。

省城的商业活动主要以各种商品的批发和零售为主。除上述商品外还有盐巴、食品、油和清漆、藤器、木材和煤等等。今后铁路开通，这将会是一个巨大的市场。尤其是在我们对这些未来的客户的喜好和需求有了预先的了解和研究之后，做到有的放矢。这些研究中，比如他们对布料的颜色、图案、尺寸、质地的要求等。中国人极为保守，无法在一朝一夕中改变他们的消费习惯，为了避免不必要的误解和某些不快，事先做认真的调查和资料的收集记录是非常有必要的。

习惯上，中国人不喜欢标新立异。所以在布料的剪裁和图案设计上仍十分传统。要想长久跟他们做生意，我们要么就不应该抱让他们接受新式样的幻想，要么就别做。

上述几点均应认真考虑。一旦铁路开通，这个销售市场是极为惊人的。长久以来，云南的农产品受限于马帮运输高昂的代价及其他交通的缺陷而无法出口省外。这让云南人的购买力也远低于实际应该有的水平。但铁路一开通，云南的农畜产品便可通过东京湾的热带海港快捷、经济地输送到海外。这些热带国家对产自云南的食品趋之若鹜，赞不绝口。远东热带沿海港口的人群如欧洲人，其他各国商人、官员、水手等，对产自云南的蔬果、禽肉的需求十分旺盛，他们渴望获得这些生活必需品。

除此之外，还应考虑农产品的一些附属产品。它们在中国的出口商品中亦占有一席之地。如皮货、绒毛、家禽羽毛、制刷用的猪鬃、动物骨、角等等。囿于交通的闭塞，这些东西根本无法被利用，基本是被浪费的。

　　未来，在我们的工业产品的客户名单上，云南会变得越来越重要。这一点是毋庸置疑的。今后，我们销售的可不仅仅是代替棉线的成品棉布，这是贫穷国家消费品的一个重要参考指数，我们还将向他们出售床单、天鹅绒、毛毡、羊绒被和棉花等其他商品。而且，云南气候独特，冬季相对寒冷，全年夜晚寒凉。这一点对我们极为重要。法国本土市场上的此类商品，今后会在云南找到销路。

　　云南人还是比较爱面子的。一旦他们从这些贸易中尝到甜头且随着自身的经济条件变好，他们还是很愿意尝试欧洲的日用品甚至是奢侈品的，例如挂钟、闹钟、首饰、手表、煤油灯、人造干花、彩色玻璃、雨伞等等。这些商品目前大受欢迎，而其销路不大归结于同样的原因：一是他们太穷，二是高昂的运输费转嫁到了商品价格上，让普通人难以承受。随着当地人各种情况的改善，这些贸易势必会迅速扩大。而铁路修建所要付出的巨额成本，在短期内便会带来上述收益。

在昆明小住

我们下榻之处房舍虽小,却也足够安顿我们所有人,并且它环境优美惬意。每天,拜访的人来来往往,络绎不绝,送来的礼品更是堆积如山。忙碌的各家仆从来跟我们的人商量看是否能邀请我们去赴宴或者是他们的主人是否能上门拜访。中国上流社会的生活便是如此。而这些相互拜访的准备工作均由双方仆从完成,主人只在双方商定后出面。这也是出于避免一些装点门面的繁文缛节而引发的失礼举动——但这些繁文缛节在中国社会却又是不得不做的。

当古尔德孟夫人有女眷来拜访时,我会适时避开,留她自由接待。事后,从她的日记中,我可一窥中国妇人来访时的情景。

院内一片喧哗,一大帮忙碌的人群。省城昆明最重要的人物,他的夫人上门来拜访了。女眷及女佣们乘轿而来,仆人们步行在后。其他一些有脸面人物的女眷随同而来,另外,还有一大帮充场面的扈从。其中一人高举大红名帖,走在队伍前首,高呼访客到来;另有一些人提着回程得用的灯笼,还有举着凉扇的人等等,一直到两手空空啥都没举的随从——所有这些都是为了彰显主人家的地位。本来拜访只是一件小事,却也有了一种既神秘又戏剧般的气氛。一大帮随从、轿夫、护卫、抬礼品人只为服务一人。而这人在路上坐在四周用双重帘幕遮得严严实实的轿内,路人根本无法见到她。

　　终于，轿子在我等候着的门口落下了。这个满脸红光、涂脂抹粉、穿金戴银的稀罕的贵妇人从轿子里钻出来。她满身绫罗，珠光宝气，眉毛如墨扫一般；嘴唇上纵向抹了朱红，为的是让嘴巴显得更娇小。她头发被精心地结起、敷牢，无一丝散发垂落。脸上的汗毛被刮得干干净净以免落入粗野之口舌（汗毛用镊子拔干净，包括鼻翼、眼角、耳周等处），指甲长得出奇且用金指套保护起来，手上拿着一块帕子，这是贵妇人交际上常用到的物件。一双裹过的小脚，套在颜色艳丽的缎绣的小鞋子内，极力保持着平衡。她一见到我就道了个既滑稽又优雅的万福：腰侧向一边微微弯曲，手掌交错。这是女式的问安方式，跟男式的是不同的。这种问候带有女性的腼腆。

　　入乡随俗，为了表现得不失教养，我也照葫芦画瓢道了个万福并跟着回礼做了各种小礼节。一直走到卧室门口，在一个更隆重的客套动作之后，这些繁文缛节才告一段落。然后，人群涌进了房间，她们好奇地查看所有产自欧洲的物件。行军床、盥洗用具、浴巾和衣物、书籍和科学考察仪器，哪怕是小到微不足道的玩意儿也是个话题。这些小玩意儿我丢了不少。通译根本就忙不过来。一大群好奇的人围着他，叽叽喳喳地问这问那，这真不是轻松活儿，他已快被成千上万的问题弄窒息了："这是干吗的？为什么像这样？欧洲女人是这样的还是那样的？"对我能骑马到处环游，她们表现出强烈的钦佩和羡慕。她们钦佩我的忍耐力和抵抗力，因为我一路从没生过病。而对于我的欧式优雅，她们却并不怎么欣赏。我的礼服套裙在这些女仆看来太过于朴实无华，也没引起她们的赞赏（因旅途时间长且路途困难，这是我带出来的唯一一套裙装）。

我向她们解释了为什么我的礼服比较简陋，也向她们说了，在法国女人们穿着绣花且缀有珠宝的丝质或缎料长裙，肩膀和手臂袒露地去参加男男女女一起出席的宴会。然后通译对我说，类似我们这种风俗的场合，她们是尽力避免的。对我们这种自由的风气，她们十分惊异。而在我看来，她们的习俗也让人惊叹。

后面我让通译把他在河内所看到的欧洲人的生活方式不要说出来，以免引起她们的惊骇。

我请她们吃下午点心。为了吸引客人，除了中式惯常的点心外，我还准备了欧洲的糖果和糕点，这些对我的客人来说是新奇的东西。最后，我的访客们终于端起了一直未碰的茶杯送至唇边抿了一口。这是打算告辞的信号！正因如此，这个动作不宜过早进行。于是，随行人群开始忙乱起来，人们高声呼叫轿夫，每个人都动了起来，包括不知道自己要做什么的人。因为每个人都忙起来动起来才能显示出主人身份的尊贵。我陪着这个贵妇人一直走到轿边，然后又是一堆客套话和无穷尽的礼节动作。轿子终于被放低了，贵妇人钻进了这个小篷子当中，双重帘幕被仔细盖好。双方的仆从们也说了一大堆客套话和恭维话。之后，四个精壮的轿夫抬起轿子，神气活现地迈开了步子。所有忙碌的人儿跟在轿子后面，队伍在灯笼的引领下，沿着弯弯曲曲的街道前行，慢慢地消失在夜幕之中。

几天之后，我要对她进行回访。这也给了我一个机会去观察这个显赫家庭的内室的机会。这家男主人是一位将军的后代，我要去的府宅就曾由他居住。

进门就能觉察得到，这是一户世家。几代人的地位和财富的积累让这种荣华富贵显得树大根深。按照中式府宅的布

◇ 昆明城里的年轻女子

局，这户人家的房子也分三进院，进与进之间由两头贯通的房间相连，房间门做成两扇开。三进院最里边的房间供女眷居住，任何男性访客都不被允许进入。房子的女主人及她的女儿、儿媳、婆婆、女戚、孤寡女远亲、孩童及女仆齐整整地在场恭候着。一个外国妇人来登门拜访，对她们来说是一件新鲜事。我是头一个被接待的欧洲妇人。对于内室无聊的生活来说，这不啻为一个大事件。

按序，人们先向我介绍的是太夫人，一位被前呼后拥、尊贵的老妇人。在中国，多年媳妇熬成婆，现在轮到她发号施令，受人尊敬了。哪怕是她儿子也不例外，他忘了妻子，也不能忘了母亲。在中国，太夫人受所有人的敬重。而老太爷则不尽然，可能有部分受身边人的敬重。这部分老太爷是深谙为老

之人的处世之道的。

太夫人拉住我的手,状若置我于她的羽翼保护之下。这种问候方式让人觉得有慈爱之感,会平添亲切和信任。

我兴致勃勃地参观室内陈设,众人在一边不断地向我介绍,极为殷勤。从上漆的家具到贵重的盒子,从一些小古玩到带刺绣的帷幔,房间装饰十分考究。太夫人的床看着更为精致,镀漆描金,像大多数的中式床一样,仿如在一张大方桌上摆放着缎质带绣的被褥。至于我们常用的卧具,在中国几乎见不到。床的四角有四根精致的杆子,它们撑起四四方方一片小空间,上面悬挂着红罗帐。

室内还是能看到一些产自欧洲的物件的。如人造花、几个花瓶、细心摆放的一些小罐子,挂钟是必不可少的。但这些摆饰让我觉得极不协调。在这间阔绰的内室,甚至显得丑陋。这种摆设,我在官员们的室内见得太多了。在这些俗气的室内,这些欧洲物件显出一股阴森之感。这些官员,尽管地位也算尊崇,但他们的府内,比起此处可逊色多了。这些官员活在持续的焦虑中,他们中常有人因滥用职权而引发诉讼,进而受到上头的制裁,再之后便是失势。为此,他们得伪装清贫。除此之外,他们的负担也很沉重,想保住原位或想升迁都必须打点,否则,中国地域如此辽阔,极有可能就被贬到蛮荒之地去了。这会让他们在任上时所搜刮到的钱财,迅速化为乌有。

府中的各处细节均透出世家的奢华风范。这是几代人积累的结果。主人为我准备了丰盛且精致的下午点心,点心用古色古香又精美的器皿盛装,如同博物馆中的摆放一般。女主人和太夫人、妾伺、女儿、儿媳等陪我坐桌边享用点心。女眷、女仆和孩童则四周团团围住。我满心欢喜地审视她们的容貌,一边在心里面和我之前的观察进行对比。

从围坐在我身边的妇人们来看，她们中无一人上过学。当地有很多供男童上学的学校，但给女童的却一所也没有。虽然她们不识字，但我相信，她们并不愚笨。她们的日常生活远离外界鲜活的世界。每天，她们晚起，闲逛，一点也不操持家务，这些都由她们的母亲或婆婆所安排掉了。她们每天要做的是：嬉戏，吸水烟，互相探访，请戏班子上门来演戏。尽管生活如此悠游闲适，但随着年岁增长，她们的性格会大变。哪怕未亲身经历多少事情（她们的阅历并不丰富）的她们，也会变成家中男性（丈夫和儿子）的好参谋。男人们在外的处事方式常受她们的影响或直接就由她们决定了。

省城有两所法语学校，当地家长渴望将子女送进该校。为此，家长们之间甚至钩心斗角。其中一所学校的校长，M. Courcelle，这个曾经在巴黎担任一所聋哑寄宿学校校长的人，因语言不通，初到中国之时，根本无法明白他的学生们的意图，他自己才是个真正的"聋哑人"。但仅在数月之后，他通过自己的精心准备和安排，就让学校获得了斐然的成绩。[1]

另一所学校是最近才开办的，我不是很了解，无法评论。它那位年轻的校长尚须时间来证明自己。尽管如此，这个学校也是一位难求。

这是个事实，清朝的子民明显地表现出了学习欧洲语言的热情。这也可以说是学习西方科学的一个前奏。对于那些坚信中国尚未准备进行改良的人来说，也给出了一个信号。如同对日本一样，它维新所取得的成就在中国大受一些人的赞赏，而且这种情形比我们所认为的更为普遍。

---

[1] M. Courcelle在省城期间，云贵总督亲临学校拜访并对他的耐心和爱心大加赞赏。学生家长也给予他很高的评价。他们以中国的方式赠他一面大红锦旗。锦旗上绣有几个大字，表达了学生对他的感恩及他的功绩。这是个毫无保留的、很大的成就。然而，仅仅几个月之后，他便被领事馆驱赶，之后被其所属的印度支那总督府撤职。理由是对驻滇总领事不敬，欲加之罪啊！

最近几天，当地有十位青年在专门的选拔中脱颖而出，被指定官费赴欧洲学习现代科技。但，最终却被决定派往日本。

城内设有一个西医诊所，由两位军医主持。诊所也对老百姓开放，问诊的人络绎不绝，甚至一些达官贵人也来求医。

另外，城内还有一座化验室，由军队一少校药剂师管理。此人履历非常丰富，是从一众才俊中选拔出来的。化验室还配备有一气候观测台。

最后，还有一座邮局，是为印度支那服务的，它提供信函、汇款甚至包裹邮寄服务。中国人很快就从中获得便利，他们寄信或汇款到广州或其他城市，这些城市开通了跟这个邮局的业务往来服务。在这个现金流通极为困难的国家，通过邮局汇款进行资金的汇兑，真是一个无法估量的便利。

明早我们将重新踏上旅途。这也是法国领事馆所乐于见到的。他们希望我们在7月14日国庆日之前离开省城昆明。他们对我的到来视而不见，并将当地官员们的一些不快归咎于我的到来。对于本地事务，他们根本就不想我正式介入。我就这样被放逐了。我是怀着良好愿望和服务国家事业的虔诚之心，来到这个国度的。或许是在某些结论上我的不偏袒，让我自己成了那些多疑和易怒的政客们的眼中钉。

至于当地的法国国庆，气氛将会是凄凉的。大多数的官员们都忍受着总领事变化无常的暴君般的性格。而我，到目前为止，我是很看不惯他的行事方式的。

但事实证明他错了，我的一言一行毫无可疑之处，而他却固守己见。我以自己的旅行经验对他的这种成见表达抗议，但毫无用处。我向他表示过我曾在一些更为封闭、更为复杂的地方，成功获得过一些本来很棘手的考察成果，但他根本不想听这些。

如果说那些中国官员们不怀疑我的话，那只能说明他们一点警惕性、一点洞见能力都没有，仅此而已。

但一个法国领事来操心这些，且貌似比中国官员更担忧这些，明显是狗拿耗子了。

而他却这样做了，一开始是口头上的，之后是以官方的形式，理由是他不想担这些责任。他向我明示省府有司对我的不信任。

那又是因为什么让这些中国官员们怀疑我呢？难道是因为云贵总督的多疑？

但这些中国官员没采取任何妨碍我的措施，也没有禁止我做任何事情。他们甚至给我颁发了路照和派遣了护卫，以便护送我们从云南省城昆明到四川。

最终，因为一些毫无根据的谣言，官府撤回了护卫的军士——因为怕对欧洲旅客路上遭受财物损失和武力侵犯而担狱讼的风险。我们失去了官方保护，这种官方保护对清朝的民众还是能起到良好的约束作用的。尽管如此，我们还是出发了，且满怀希望和信心。

满怀信心是因为我的中国随从们装备精良，而且他们对我们越来越了解，也对我们的良好信誉表示信任。至于希望，尽管方苏雅先生宣布："今后在云南的考察和探险的时代已经结束。"但我们相信，我们还有许多事未做，在这里还有许多东西要去学习，我们之后的其他人也是如此。我们坚持认为："我们的努力是不会白费的。"

不妨想一想，一个法国官员，本来应该尽力协助和方便我们的，而事实却相反，他对我们做了一系列很荒唐的事情。他究竟是为了什么？

答案非常简单，从他刚到云南伊始，便充满了悲观的情绪。之后，在1900年那场梦魇般的大撤离中，方苏雅先生发出了正式的、警告般的呼吁。据他所言，他冒险采取撤离决定是为了拯救那些陷于极度危险中的同胞。

自那之后，他便马不停蹄地做出对云南省不利的各种报告，并自己做出一些结论："云南农业一无是处，商业毫无潜力，矿产开发困难重重，人口密度低下，当地人仇洋，环境恶劣。"

然而，他自己有游历过云南吗？有亲自去考察当地的农业和商业状况吗？拜访过那些主要的畜牧业中心吗？

啥都没干！他的第一次游历是从贵州到云南省城昆明，之后，同一路线他又参观了好几次，前呼后拥！而从东京边境到云南省城昆明可是有 11 站路的（比他的旅途可远得多了）。

如果走完我在云南的这些路线，大致会对云南的总体大小得出一个简单的结论：云南大小跟法国差不多。我走的这些路线的距离大概跟一个旅客从意大利边境出发经马孔到马赛，然后照此路线往返数次的距离相当。

时至今日，在对云南考察游历之后，一系列的证据明显表明，应对云南省在各个方面的价值重新给出评估。而方苏雅仍坚持他的悲观理论并对不附和他观点的任何人表示愤怒。

7 月 14 日，蒙自买来的一匹骡子因为生鼻疽病死了，我不得不买匹马来代替它。这匹马在当地属中等体型，高 1.35 米，5 岁，很健康，四肢矫健，我只付了 35 块大洋。但不得不说，它的毛色很差。

我把路上搜集的商业标本归拢了起来。这些是回国后打算用来展览的，它们足足装载了 3 匹骡子。现在，我们的驮畜加上坐骑共有 14 匹，由 3 个马夫负责照料。这 3 人从蒙自就跟着我们了，我们彼此都相当满意。他们已做好准备，我们去哪儿他们就去哪儿。

出发前最后一刻，我花了 60 两银子，合 180 法郎，又买了 1 匹强壮的骡子。它个头有 1.4 米。买它是用来当坐骑或拉车的，但不幸的是，它对车子很恐惧。看来，后面的路程有它受了。

终于再次上路了。第一站是到大板桥，路程约 20 公里，是在平坦的坝子上行走，很轻松，一晃就走完了，之后又在长着稀疏松树的小丘陵走了一段路。

路上碰到一些车队，车上满满当当装着沉重的柴火，它们正赶往省城，还有弓着腰背着庞大背篓的背夫，篓里面塞满了鸡鸭等家禽。这些背夫中的一些人，为了前往省城出售家禽，已经在路上走了 7 天了。而即便卖掉这些家禽，也不过价值 100 个铜板而已，约合 25 生丁。每走一段路，他们都给挤在背篓里可怜的鸡鸭们喂几把谷物，这样可以保证它们在到达市场时还是活蹦乱跳的。

今晚住宿的地方相当完美！这是座崭新的客栈，周围环境迷人，边上有一座清幽的寺庙和一泓深泉。泉边栽有几株古树，树干上覆有青苔。我们在寺庙和泉边驻足了1个小时，感到如梦似幻般的幸福。

此时此刻的我们是自由的。我们走在自由的路上，没有那些所谓的保护，实则暗藏祸心的监视，一切不快均被抛到脑后。我们可以按照自己的意志做应该做的事情。

7月23日，客栈上空划过一只巨大的红棕色的鸢，它发出一声类似小马驹从远处传来的嘶鸣，颇为哀怨。昨日我们就到东川府了。多亏了知府的厚爱，我们得以住在江西会馆之内。此处在乡试时供生员及其侍从居住，房子极为宽敞，分几进院，且花园众多。我们这一小帮人住在里面，感觉十分惬意。

在等待久负盛名的沙神父（Bonomme）来访期间，我在笔记本上用铅笔对一路见闻的记录涂涂改改。沙神父过来将引荐我去拜访知府和知县。

从大板桥出发到东川府走了8站路，每站路程均很短。路上我们有充足的时间对沿途景物做各种观察。

我的记录非常简洁，每站路我都做了一些专门的观察记录。现在我发现这些记录对应的地点比较混乱。这些记录是有关于植物的，还涉及昆虫学、简要的自然历史、农业和商业。我将誊写这些唯一的路途见闻，尽管它们很简短，但也算对所经之地做了管窥之见。

7月15日，早上6点30分出发，可见林木茂盛的山坡路一直延伸到美丽的杨林湖畔。湖边筑有一小城，城亦名杨林。该城位置优越，处在去往四川和贵州的几条道路的交会之地。下午4点，我们进入城内。城里的集市颇为热闹，天空在此时下起雨来。今日所走路程为30公里。

杨林城边上种有玉米和洋芋，城郊人烟稀少。

7月16日，我们沿着杨林湖边前行。坐骑一度陷进河岸边的厚淤泥当中（也是，雨季在坝子中行路，大抵躲不开类似的事情）。

湖边的坝子，垄塍规整，沟渠密布，田地鳞次栉比，作物十分丰富。每走一段路，均可见一些巧妙的设计：戽斗将水提到高处；较高的坡上修建有人工塘堰用来蓄水；排水沟亦修而配之。下午尚早时，我们已到达今日投宿之处——小镇羊街。今日从杨林算起亦行有30公里。这一天阵雨反复无常，夜里大雨如注。

羊街的客栈还算宽敞舒适，我想犒劳一下大家，于是买了一只羊。人们会借机大吃一顿。滇东的羊肉极为美味，一条烤羊腿就让我们饱餐了一顿。余下的鲜肉我装好带走——这样后面的几站路我们就能做鲜美的羊排、炖羊肩肉或做羊杂饭了。

7月17日，我们沿一条地图上未标示出的山谷前行。谷中人烟稠密，但作物非常单一，仅有荞麦。成片的白色荞花如雪般漾开在红土地上，成群的牛羊在山坡上啃草。

快到柳树河（Liou-Shui-Ho）[①]时，山谷收窄，道路亦变得崎岖。此地樵户居多，相当穷困。我们决定在此处住宿。今天这一站路走了6.5个小时，约32.5公里路。

[①]柳树河村，现属昆明寻甸回族彝族自治县功山镇。

寻 甸

　　柳树河村四周种有漂亮的柿子树。此时的柿子，果实大小约如核桃。此处尚种植板栗和蒲葵树。

　　7月18日。此处海拔2120米，植被很好，越往前走，山谷越窄。

　　路旁可见一丛丛未嫁接过的葡萄树，树上挂着累累的果实，其间还杂有野葡萄丛，到处可见鼠曲草。气候非常温和，早上9点的温度是13摄氏度。今天经过数个山民住的村子，中午时分到达功山。我们打算在此地投宿，时间尚早，所以我们花了很多时间来考察集市。来此赶街的人甚众。

　　7月19日。今日道路嶙

◇ **梯田与吊桥**

岣，沟壑纵横。我们翻过一座大山的圆顶后经过了小龙潭村。村中各户围墙内满植核桃树、板栗树和梨树。燕麦和荞麦已不多见，即便有，也是颇为瘦瘠。

在一片小冷杉林内，我们捡到不少牛肝菌。往前，是今日投宿的小村子，Tishan（铁厂）①村。我们宿于村长家。他家的房子甚为贫寒，但他们却也鼓足勇气来招待我们且尽其所能让我们感觉舒适。

此地空气清甜，又被淳朴的村民招待，夫复何求？屋后有一小院子，围墙坍塌，绿篱蔓生，此番情景让人想起Brie②的小村子来，一时之间，竟难分辨身处何处。一路劳顿，我们所求的不过是清净和休息。这些乡野之地，勾起了我们一些美好的回忆。

7月20日。此地为石炭纪地貌，山坡上满布红土。成片的石灰岩从红土中露出头来，在雨水常年的冲刷下剥蚀甚烈，在崩塌的山谷底部，肉眼可见外露的煤矿矿脉。

又见燕麦和荞麦的种植。在这荒瘠和起伏的山地，这两种作物是当地一年唯一的收获。

此地的红土无法涵养雨水。冬季，土地变得干旱开裂。劳动力的缺乏也无法将这些土地改造成梯田。山顶上的林木或毁于火灾，或是被夏季的暴雨冲毁。但还是有好多群绵羊和山羊，在这贫瘠的草地上觅食。

大水潭村是旅客们的常规投宿点。这个村子颇大，里面有好几个客栈。县衙署的旧址正在此处。房舍已被毁弃，衙署也另择他处。

今日走了5个小时，约25公里地。是夜，投宿癞头坡村。此村海拔2000米左右。

---

①Tishan.按照作者行进路线和地名发音判断，应该是Tiechang（铁厂）的讹误。

②Brie：法国地名，法国叫Brie的地方有多处，在布列塔尼和南部-比利牛斯等地均有叫Brie的地方。此处无法确知。

7月21日。今日人烟愈发稀少，燕麦和荞麦已不复见。我们不停地往高处走，直到翻越一海拔3000米的垭口。垭口上视野统摄四方，极为开阔。此处是当地纵横数山的交会之处，亦是三个河谷之会合点。当地地下矿藏丰富，未来大有可期，可惜知者甚少。故这里也是云南最穷困的地方之一。矿藏之中，最为丰富者为铜矿，但因缺少矿石冶炼必需的林木薪炭，因此，四处采矿的汉族人也不来此间。

翻过垭口，快速下行至一条金沙江支流边，然后沿着河流一路行至东川府[①]坝子。河流不时隐没于石灰岩山体中，之后又以龙潭泉水的形式涌现出来，水质清澈。

路上休憩时我们钓到几尾肥硕的鳟鱼。在今晚投宿的Tcha-Ho-Ki[②]，一饱口福。Tcha-Ho-Ki是大村，此地设有一处汛营和一处重要的厘金局。军官和税官，如结网捕食的蜘蛛，在此张罗开来。

今日所走路程为37.5公里。

7月22日。愈往前走河谷愈狭。此间河道海拔为2380米，河流左冲右突流速甚快。河水在卵石的阳光折射之下，波光粼粼。沿岸交错筑有一些堤堰，它们将河水导引至若干小菜圃或小块的稻田之中。

早7点从鹧鸡街出发，行至下午3点始走出河谷。然后进入漂亮的东川府坝子。今日这一站行程为35公里。

一到客栈，我便抛下马帮去拜访沙神父。他独自一人生活于此，陪伴他的只有些本地教友。

[①] 东川府：现为曲靖市会泽县所在地。

[②] 此处按照作者的行进路线及下文的描述，应该是一地名记录上的讹误，Tcha-Ho-Ki应为Tche-Ji-Kai 鹧鸡街才对，鹧鸡街在以前滇东北的驿道上设过厘金局，是一处重要站点。

见到沙神父

　　沙神父已提前告知当地官员我的到来。所以后者极为殷勤地安排了江西会馆供我们使用,知道这个消息,我们毫不犹豫地从早已被当地好奇民众包围的客栈中转移了出来。

　　沙神父指挥着众人,帮着把我们安顿了下来。他是个热心、沉勇之人。能在此地遇到同胞,对他来说也是一大幸事。他在此已生活25年了,却从未在当地碰到一个法国同胞。因为从来没有法国人来到此地,也或许他已记不起有过法国人来到此地了。但是,他一开口,法国南部口音还是没有改变。这个口音现在听来是如此的悦耳和亲切。他那些带着南部口音的话语是如此热情,如此舒适,与周边叽叽喳喳的方言真是鲜明的对比。

　　沙神父的殷勤款待让我大为感动。几乎没有几个法国人会以这种自我放逐的心态来到此地,并拜访他,并对他传教的功绩表示赞赏,对他不知疲倦般的虔诚表示赞叹。他的教友们都很喜欢他。当然,他正直又大方,当地官员也欣赏他。在这座小城,他那长长的胡须由黑转白,多年来,他和他的堂区从未有过讼狱之事。

　　1900年拳乱的时候,沙神父就没有撤离云南。他当时冷静异常,坚守本地,最后也秋毫未受到侵犯。特别要提的一点是:他一点自我防御性的武器也没准备,没有步枪,也没有手枪。他所拥有的是更好的"武器"——他的信仰和善良。

　　从昨日开始,往返教会和会馆的人就络绎不绝。沙神父生怕我们

◇ 1902年作者（左）与沙神父在东川府万寿宫

住得不好，不停地给我们增添物品。他的仆从们忙不迭地来收拾我们的客厅，因为之后会有官方接待。沙神父想尽可能地以他的同胞为自豪。

在东川，当地人已不食云南产的白盐了，取而代之的是产自四川的黑盐。大块的黑盐巴，外表看着像玄武岩。东川城内南北向的大街上有很多黑盐的零售铺子，而东西向的街上，有一个很大的日常市集。

城内的人口大概不到10000人，但整个坝子及其周边的山上，人烟还是相当稠密的。在此逗留期间，我找机会到城周边游历了一番，尤其拜访了一个叫Y-Che-Ko（矣者科）的地方，那里的一些乡绅曾在省城昆明拜访过我。

矣者科是个明媚的谷地，它的美好让人难以描述。这个谷地长约40公里，山谷尽头流淌着一条蜿蜒的小溪，溪水滋润了周边绿油油的玉米地和稻田。时不时地，几个村子和寨子出现在视野之中，村寨有漂亮的果园环绕，这当中，最

多的是苹果树。

此地可作为云南农业现状的一个缩影。虽然土地如人们希望中的那样肥美，甚至可以说是富足的：苹果树被累累的果实压弯了枝梢，房前屋后家禽遍地，土地精耕细作，一年出产两熟。可这些出产的东西要卖给谁呢？怎么卖？销往省城昆明吗？到那步行得7天，如同我们来时的路上碰到的那些辛劳的人们。他们这些漂亮的粉色小苹果（像法国产的红皮小苹果）一担才值几个生丁，还有鸡鸭，一大篓才卖25生丁。

物价低贱至此，农人们何以从此微薄的交易中获益？而且他们还得花钱买必需的鞋子、衣服、针线、盐巴等等，除此之外还要交税呢。

这大体上就是云南省总体的状况：缺乏交通大道，没有输运方法。在近城的地区，农人们尚可将出产的东西出售给城内的官员、商人和手工业者。但远离城区的农人则根本无法长距离运输和出售他们的农产品。在这个自然资源如此丰富、气候如此优越的地方，本不应有如此匮乏也不应该是像这样的境况。

他们的一个举动让我十分惊讶。当时正当晚餐时分，当地乡绅让人宰一只羊来招待我们，因为我给了他们一笔钱用作清真寺的修缮。虽然他们再三坚持杀羊，但我还是婉拒了这番美意。最后，为了让我能够接受，他们折中杀了一只鸡，摆了些苹果和面饼用作招待。席间，我几乎没动苹果，后面当地众人将苹果分而食之。他们狼吞虎咽的样子仿佛从来没吃过苹果一样。但，他们苹果树上的果实不是累累地压弯了树枝吗？原来，他们平常很不吃苹果的原因是：苹果是在省城最好卖的东西，赚钱如此艰辛以至于他们不得不收起自己的食欲。实际上，这些可怜的人们，为了赚到几个铜板买必要的物品，他们处处节省。

7月30日。在东川府的考察如此有意思，不觉间时光飞快流逝。这个地方很多方面都很吸引人。尤其是矿业的未来。从煤、铁到铜，样样矿产当地都有所开采，但是开采条件不提也罢！矿石和燃料只能靠人用背篓来背。

　　当地曾有一富户人家，其人非常有眼光。他出资修了一条可通木轮车的道路，甚至还造了辆由壮骡拉驰的木轮车，车子每次可载 20 担货物。但是背夫行会和当地乡绅均强烈要求他放弃这种操作，因为他的这种"扩张"已让背夫无钱可赚。最终，车子被搁置一旁，道路也因无人养护而荒废。当地人将这条路指给旅客看时，语气中带有的已是某种好奇了。

　　但这已是多年前的事了。而今后，新的创举将不再会遭受如此保守的阻力。进步之风已经吹起——先是犹豫之微风，明日将会是迅猛之疾风，再之后，可能是狂暴之飓风。我们所需做的就是等它来。但此时，我们为什么不可以讨论它甚至期许之呢？这是由人类进化和进步的规律所决定的。

　　明智之人早已顺势而为，以便从这股不可战胜的力量中获益，而不是被这股力量所拖累或击溃。

　　时光飞逝，已到了要告别的时刻了。"你们离开时，我会哭得像个傻子。"沙神父用他那迷人的南部口音说出了这句话。我想我们也是。离开这一高尚和淳朴的神父，我们的心将为之而碎。我们将他孤身一人抛在了这个天涯海角般的前哨站。

离开沙神父

当地官员对我们可谓尊重和周到至极，逗留期间，他们对我们的举止十分得体。今日，他们提议，要在盛大的护送下随我们出城，知府领衔，知县随后，要相继为我们摆酒践行。这已是最隆重的礼仪了。但我借口天将下雨婉言谢绝。尽管他们一再坚持，我却固守己见。

我对中国汉式礼仪已运用自如，对此他们连声称赞。这种做法可避免民众的好奇之心。通常情况下，这种好奇心会使旅客感到厌烦，进而感到恼怒，最终引起双方的误会。在当地人的观念中，之前的欧洲旅客，尤其是他们的随从，常给人以易怒的著名形象。而今日，我们一行给他们留下的印象却很好。我想，这将会消弭他们之前对欧洲人的部分不良印象。

前路通往昭通府。天气微凉，下着毛毛雨。我们步行了6公里，走出了东川府坝子。接着便登上一座石灰岩山岗，此地地形极易让人想起 Damaltie，它的另一个出名的称谓叫

◇ 沙神父之墓（译者摄于2021年5月，会泽郊外）

"喀斯"。之后，沿溪岸前行，此溪为江底河之分支。顺溪走到了今晚的投宿地红石岩。今日雨中所行，计用时 6.5 小时。道路湿滑，坐骑和驮畜行进都甚是艰辛。

到达昭通府

住宿处的茅屋很是让人感到安慰。在房内明亮的柴火旁，我们一边取暖一边烤干衣物。

8月1日早上7点，我们从红石岩出发。下了一夜的雨，溪水暴涨，骡马涉水或泅水过溪，之后，我们登上了一座山脊。这座山脊将江底河和它的另一条支流区分开来。山坡顶上满是红土，林木十分茂盛，几乎没有人烟，一些绵羊和山羊群在啃食稀稀拉拉的瘦草。

◇ 吊桥

仅走了 3.5 小时后，我们便在三棵树村停下歇息。时间还尚早，来观察一下当地山民们的风俗习惯应该是很有意思的。很明显，此村没有客栈。我们投宿在一个很显眼，但看着像个窑洞般且没有窗户的棚屋里。当然应该估计得到，屋里臭虫是少不了的。村民非常热情，他们给我们拿来了牛奶、蜂蜜、梨，显得相当殷勤好客。我的随从们津津有味地吃了烤洋芋和烤玉米。

如同昨日，天气晴朗，天空透着绿松石色，清澈至极。连小小的一丝卷云也没有，就像普罗旺斯的天空一般。

早上 6 点 50 分，我们开始赶路了。每天出发得这么早是我规定的。我的这一小帮人最终也遵守了这个纪律，每个人每天早上雷打不动地各干各活，非常整齐，没一丝嘈杂、咒骂或嗔怒之言辞。

沿着山脊线在交错的小冷杉林中前行，时而攀爬，时而下坡。眼前尽是单调贫瘠的红土地，一直延伸向远方，此地毫无人烟。

早上 10 点，我们翻过了箐口（阱口）村，此处海拔 2950 米，如地图中所标示的一样，此地已离开小溪边。箐口村是个漂亮的村子，里面有好几家客栈。再往前走，走完下坡路。I-Chi-Song 以车汛（今迤车乡）坝子在我们的脚下优雅地铺展开来，沿着它我们一直走到了早上 11 点。

以车汛也是个大村子，它坐落在一座山岗上，岗顶有一寺庙。村子脚下，一股溪水流淌而过，人畜沐浴其中，尽享这午后的休憩时光。天气明媚可人。

坝子非常肥沃，作物也很丰富，当地集市上售有各种蔬果。我们的人买了些食材，做了顿大餐。客栈的杂役们也跑前跑后地来帮忙，他们显得异常热情好客。

当地人种了很多蜡树——这树的名字是非常恰当的，因为它的主要功用是用来饲养一种产蜡的虫子。这些虫子一开始藏在大小只有一枚豌豆粒、形状像蚕茧的一些小囊里面，囊里面便是这些虫子的卵。这些囊通常产在灌木上，人们将其收集起来，放在草编的袋子中，然后将后者挂在蜡树的主干上，以便虫子能在树上产蜡。这种树学名叫女贞。现在，大大小小的树枝上，虫卵慢慢开始孵化和繁殖，然后雄性的虫子会分泌一种油状物质用来保护它们的后代。这个物质就是植物蜡了。植物蜡是白色绒絮状的，覆盖在女贞树的枝枝叶叶上。当地人用刀片将其刮下，收集起来，然后放在锅里使之熔化，再团成亮白色圆面包的块状。这种东西外形极轻巧，其性像鲸蜡，用来制造蜡烛极受欢迎。

8月3日，天空一如既往的澄澈，大家谈起为之色变的雨季看来对我们比较友善，天气对我们是宽容又有利。

早上6点出发，穿村过寨，途经稻田、靛蓝田，道路笔直地沿着山谷前行。行过一段不易觉察的下坡路之后，江底河（牛栏江）出现在视野中。河道两岸相当狭窄，将来修通前往四川的铁路若是经过此处时，会是一个不小的阻碍，而且此处更是必经之地。7小时的跋涉后，我们到了名字也叫江底的村子。此村海拔1500米，坐落在河岸边，气候如同热带般炎热，阴凉处也有35摄氏度。这跟前几天25摄氏度的平均气温相比，真是让人无法忍受。

我们下榻的客栈脚下，便是轰然流经的浑浊的江底河。炎炎烈日之下，河水撞击着河道中的黑色玄武岩岩体，发出巨大的响声。我们在岩体中间，挑了块小沙滩，美美地洗了澡。

矿石和昆虫标本的搜寻也收获颇丰。夜幕降临，天气还是十分溽热，温度计显示温度就没低于30摄氏度过。

8月4日早上10点30分，前方的山坡在等着我们攀爬！我们必须上行到江底河右岸的山顶。用了半个小时，我们先爬升了几百米，接着又下行了一段时间，登上满布黏土的山顶时，爬升高度约为1000米。山顶起伏不平，一片蛮荒，路途中随处可见一些茅棚，其周边围栽着核桃树。又走了4个小时的下坡路，我们到了 Ta-Choui-Tchi 大水井村①，村旁有一洼漂亮的泉水，周边有一些煤矿，水池在煤矿的包围下，更显盈盈动人。

村外一所孤立的小房子是我们的投宿处。当地人也很热情好客，他们讲话的口音属于印欧语系，其中还夹杂藏语。妇人们很殷勤，她们身体壮实，表情欢快。护送我们的兵丁说这些人叫"倮登"。此地猎物众多，野猪、狼、豹子、鹿、狍子应有尽有，奈何我有更要紧的事情要做，打猎，只能想想罢了。

海拔升高，气候开始变得凉爽，今晚的温度是19摄氏度。

8月5日，早上起来时，浓雾将一切都遮盖了起来，紧等也不散。所以早上8点，我们照常上路。大雾之中，马铃声声，略显凄清。路旁随处可见一堆堆的矿渣，它们见证了此地曾经兴盛的矿冶业。而今日，它们已彻底荒废了。往昔之繁华，已随雨打风吹去。

大雾渐渐收起，我们已下行往昭通府坝子方向行进。

"看，这些是榛子树，果实已经熟了。"我们的随从不知道这些是什么树，一脸惊讶地看着我们采集和剥食这些野果子。

早上10点，我们到了一个叫"大脑包"②的回族村。村里有人正在办丧事，十分喧闹。村民脸带惊讶的表情看着我们经过时，既没有敌意，也没显得热情。我们下午1点到达该处。

在这个肥腴、富饶的坝子上，他们却过着清苦、穷困的生活，因为不管是绵羊还是稻谷或者是蔬果，都无法运送出去。当地绵羊饲养数量众多，但他们根本无法将它们转运出去，即便是让绵羊自己行走，也不可能。夏季，当地溪河暴涨，几无涉水之处，这让道路变得难以逾越。而冬季，河水干涸可以通过时，草地又已无牧草供羊群长途跋涉时食用。当地乡绅说，昭通府坝子饲养的绵羊数量超过2万头。除此之外，往贵州毕节方向的各地区及陆良州的绵羊数量加起来超过10万头。

①大水井村，今为昭通鲁甸县大水井乡。
②大脑包：应是大脑子村，今昭通鲁甸县大水井乡大脑子自然村。

这让我想起了省城昆明的方苏雅所发表的既悲观又肯定的言论。就在不久前，他信誓旦旦地说道："云南的绵羊，价格不菲。对乐观主义者来说，它是又一个昂贵的'传说'。云南省城内肉铺屠宰的绵羊是来自四川。为了找一群绵羊来拍几张照片，我花了几个月的时间。"

不得不说，在云南的法国官僚们真的不学无术，他们发言前也不过过脑子。对那些想给他们的报告增加点可信度的法国官员，我非常乐意提供帮助。他们可以来此地调查看看云南的绵羊是否只是个传说？事实上，恰恰相反，云南的绵羊所产的羊腿肉和羊排的味道非常鲜美。

8月6日，从桃园到昭通府，6小时的路程宛如散步。途经众多的小院、稻田，果园和菜园也应接不暇。道旁植有板栗树。

远远看到昭通城坐落在一个大坝子中心的小丘陵上。从城墙和城门入口处延伸出来一个长约300米的郊城，郊城十分热闹，熙熙攘攘，规模不亚于一座小型城市。

我们好不容易挤过密不透风的人群，到了当地天主教会。Le Garrec神父孤身一人生活在这个前哨站，他正忙着建造他的小教堂。尽管我们要来的消息早已由东川府的沙神父通知过他，但他见到我们到来，还是激动得脸色都变白了。他也一样，能在昭通府这座僻远的小城见到法国同胞，真是难得。

昭通府，8月20日。

当地官员们显得十分生气，他们觉得让一个法国旅客就这样来了实在是过于怠慢。一开始，他们对我们也显得束手束脚，十分拘谨。他们让我们住在Le Garrec神父安排的一家客栈里面。这正好是之前一位欧洲旅客（方苏雅？）住过的那家（实际这也是唯一一家合适的客栈）。我们到达客栈时，店家和账房早已被我们要入住的消息给吓跑了。我好奇地猜测，之前我们"高贵"的同胞住在此地曾发生过什么事情吧？

到昭通府的当天，知府和知县就相继登门来拜访，并邀请明后天分别去赴晚宴。

　　Le Garrec 神父非常乐意陪我赴邀。也多亏了他，宴请非常有意思，而且我从中学到不少东西。这之后是城里各官绅们的宴请，还有清真寺的穆斯林、郊区的天主教友等。然后，知府知县又多次复邀，知府是个高雅有趣之人。

　　总之，在昭通府逗留期间，就是一连串不停地应酬及各种礼品的往来。这些拜访不仅仅是我一人，还有古尔德孟夫人。

　　客栈老板很快就回到了岗位，陪同他的是他的账房。官员们向我表示歉意，说初到之日没将我们安排住在城内最好的会馆之中，本来我们可以住得更好的。而且他们向我坦诚相告，说担心之前我的法国同胞制造的不愉快再次上演。

　　这次之后，至少对我们来说，离开此地时会满意地想："后面来到此地的法国同胞，应该会感受到完全不一样的友好氛围吧？"

　　如果按照大致的中国人口的估算模式来计算，昭通府城的人口约为3万人。这是个工商业很兴盛的城市，尤其要提的是他们的冶炼作坊。在尺寸狭窄的精炼炉中，他们用木制风箱鼓火，制造的钢铁品质精良。每个炉子配3个人就足够运行了：一个操弄风箱，另一个是工头，他的工作是用一根湿木棍搅动熔液并观察它的变化，第三个人负责添加熔液和柴火。"打钳！"随着工头一声令下，金属块被从炉子中夹了出来，然后它被锻成四五千克重的圆柱形钢锭。

　　其他的铸工，将小隔焰甑中的生铁浆倒入模子中，然后铸成犁头、锅等不同的铸铁器皿。

　　值得注意的还有那些铜锅匠，他们将生铜铸成各式器具，有铜盆、碟、香炉、痰盂桶、火锅盘、茶具、烧水壶、煮饭锅、勺子等等。

　　另有一整条街都是皮货商和制革工人，他们将故乡牧人的一些传统及与之相关的手工业带到了这里。

　　我数了下，这条街上有55个作坊，平均每个作坊有6个工人，他们加工各种毛皮，如狐狸皮、豹子、猞猁、麝猫，但更多的是绵羊、山

羊和羔羊皮。他们手头正在缝制的就有几千件（我数了下有5000多件正在加工），做的是川滇两地冬日人们常穿的中式夹衣或马褂。四川省出口大量的绵羊和山羊毛皮，这些商品价格低贱。一件铺展开的皮制上衣，形状像是长宽各为1.5米的希腊十字架，由黑白两色的优质皮料做成，不加衬，价格才区区3法郎。

这些皮被鞣制，放入石灰水中，然后裁成片状再精心地缝制在一起，接着放木板上撑开和定型。此工艺跟我们的制革工艺是一样的。

豹子皮和狐狸皮也用同样的工艺制成马褂，而麝猫皮，根据它的大小通常用来缝制类似我们的旅行毛毯。

孩童们的上衣则用羔羊皮制成。它们被裁成白底黑色图案或相反造型的料子，细心缝制，样子很俊俏。

在昭通府的见闻

我常去其中的一个陶器作坊参观，整个陶器的制作过程我均拍了照片。作坊由老板娘操弄风箱，两个小孩负责炉子，他们将晒干的陶锅三个三个地放入进行烧制，然后又三个三个地扔进冷却坑，操作极为熟练，一分钟都不会浪费。

蓝色大花枝图案的毛毡也是昭通府的一个特产，它的制作也非常有趣。

◇ 人与牛一起运煤

仅仅用一个篇幅根本无法描述所有的这些小手工业。这些职业展示了中国人的巧妙，同时还有他们的耐心及蚂蚁般的艰辛劳作。

还有这个榨油机，它的主要部件是一根粗轴，轴被一根绳子悬吊在房梁下，它的一头包有铁皮，铁皮被钉子固定住，这就是锤头。工作时，这根轴做钟摆运动，工人操作起来也不费什么大力气，他将锤头用力撞向一根木楔，在一下接一下的猛力撞击下，木楔向一截挖空的树干内挤压，而油料作物正被放在此树干内。这些油料作物是事先被蒸熟的，用筐子装好摆在一边用来添加。随着撞击和压榨，油料作物的纤维变成了饼渣，而油，在这种巧妙的机械装置的作用下，不费很大力就被榨取了出来。有各种不同的油，如芝麻油、菜油或罂粟籽油。

另外还有舂米机，它的原理是由水流带动一根木梁，木梁一头连着木杵，另一头挖空成一戽斗，下流之水注入戽斗内，当满水时，梁在重力作用下便抬高倾斜，然后水流溢出来，木杵便重重地砸在已预先盛有谷粒的石臼之内。

我花了数天时间来观察、记录和收集有关当地工商业的事物和资料。当地是铜器贸易的一大集散地。四川进来的食盐和当地产的鸦片，数量均很大，品质却是下乘。还有茶叶，当地已不再是云南茶的天下了（主要是普洱茶），有一部分茶是从四川运进来的。四川产的棉布也是当地一项重要的贸易，本地商帮将铜器销往外地，回程时则带回棉布。其他很多商品也是类似的操作。

8月21日，行李已捆扎好，人和驮畜装备停当。我们出发了，前方是云南省的最东北角，过了那里就是四川地界。

当地官绅赠送了不少临别礼品，我也回赠了一些作为最后的礼节往来。

尽管我再三推辞，知县还是执意要在城门口为我们举办饯别宴席。拗不过，只得从命。知府也欲如此操办，这一次，在 Le Garrec 神父的帮助下，我婉拒成功。于是，在仅仅是尝过简单的点心和互相致意后，我得以从知府处脱身，神父骑马随行，他打算送我到最后。

知县早早来到约定的饯行地点，他随从人数众多。饯行地是在离城不远的一座亭子内，护卫人数多得夸张。仆从们忙着各种张罗，光品尝各种点心我们就花了足足1个小时，然后是凉片和各种菌类杂烩，米酒温在锡制的酒壶内，劝酒之声不绝于耳。种种这些都让这些礼节和客套平添了几分隆重。

到达大关

最后的告别时刻来临，再一次在无休止的客套之后，我们跨上了马鞍。

走了几里之后，我们和 Le Garrec 神父最后握了握手，后者的感动已溢于言表。终归要分别了，这一刻让人揪心。我们双方已处得十分融洽和信任，然而，时光飞逝，我们不得不将他孤身一人留在此偏僻之地。这种处境对他来说肯定更为艰难，而重逢不知会是在何时。

今天的路程只有半站路，不到12.5 公里。我们投宿在位于山脚下的一个村子，叫 Tcha-Shan① （闸上），山体分别向北和向东包围着这个小小的村子。

8月22日，今日也仅半站路。时间充裕，我趁机进行一些地质上

---
①今昭通市昭阳区守望回族乡葫芦坪行政村闸上自然村。

◇ 昭通知府张庚飏

的观察。太阳出来后，骡马们正在吃草，我去附近的几个溶洞看看，想试着找一些化石。

早上10点，我做手势出发，1小时后，我们登上了一座垭口，之后会下到横江河谷。横江是金沙江的一条大支流。再接下来，就是顺着它一直走到金沙江。

此垭口是一条分水岭，说得更准确些它是附近一些溪河的源头。往西，河水流向昭通府坝子和昭通湖，往东则流向横江。

石灰岩溶洞内流出之水十分清澈，之后，水流形成一条条清凉的小溪。各小溪汇合后，水量变大，下跌时形成一道欢快的瀑布。这些水，部分流入坝子，部分流进河谷。

垭口海拔2350米，视野极为壮观！

横江河谷在我们的脚下徐徐展开，它从高处流向平原，环绕着它的是无尽的青翠山峰。眼前所见是峰峦如聚，如一望无际的山的海洋。我们缓慢下行，眼中美景应接不暇。在2个小时令人难忘的山行之后，到达了今日的小村子，名叫Hou-Ma-Hai（五马海）。

时当中午，从来没有哪一处的昆虫猎获比此地更丰富和令人满意。一条小溪从苗族人住的山上流下来，溪水弯弯曲曲，两岸绿荫遍地。说起苗族人，总会让人胆战心惊。但在我的想象中，苗族人应该更容易接近些，只要温和耐心地先跟他们建立起关系来。但对苗族人的研究不在我的计划之内，所以也没必要在此耽搁时间。我派了个信使，想买一把他们的芦笙，结果无功而返。

村中所住多为樵户，他们也从过路的马帮那儿赚点钱。这些樵户生性温和，对旅客很热情。他们的小孩帮我捕捉昆虫，我给他们一点小费，这让他们高兴得像过节一样。

8月23日，今日的河谷又狭又潮湿，道路边纵横交错生长着很多漆树。自我离开越北东京以来，尚属首次见到漆树胶的采割。在漆树的主干上，隔一段挺宽的距离就割开一道槽，槽下面用藤条绕着树干绑吊

着一个竹筒，宝贵的漆液就这样滴入竹筒内。

　　漆液的收获在每年 10 月。我们所看到的竹筒和绑扎的藤条是去年用过后留下来的。

　　穿过一众在山坡层叠分布的穷困的村子，先是 Da-Nga-Toung（大岩硐），然后是小岩硐，后一个村子那儿有一个分岔口，其中的一条路通往彝良角奎。此地海拔 1980 米，山体参差嶙峋，是玄武岩。然后过三寨村，接着是四寨和五寨，通常，五寨是旅客的歇脚处，但它新近被一场火灾给毁了。

　　终于，我们到了下水洞村。该村如鹰巢般筑于荒峡之上，其上方 310 米处就是刚刚我们下山来的小路，小路几乎已到了山尖的高度。

　　投宿的茅屋下面，暴怒的溪水汹涌翻腾，激起的水沫浮荡开来，盖在河道中的巨大的岩石之上，然后又如瀑布般倾泻而下。从此地一直望向四川，天空中均是堆积的大朵大朵的乌云。它们乘着横江河谷的穿堂风，逐渐聚拢起来，并在我们所处的阴冷的第一座山峰附近，越积越厚。我们刚经过的河谷上部的湿气正是由此带来的。同样，它也是我们前日所经喀斯特地貌地下水的降水来源。

　　这种天气现象非常自然，并且有一种让人惊叹的辨识度。

　　8 月 24 日，今日所到的是一座雅致的小城——大关。今天所走的 5 个小时的路途可谓是崎岖难行却又景色迷人。昨日所行距离为 25 公里，今天是 22.5 公里不到一点。我们将通常的一站路分成两天来走。

　　今日出发处海拔为 1650 米，道路一直下行到峡谷底部。此峡让我想起阿尔及利亚的 Palestr[①] 峡谷，峡谷的下面是溪水，上方是一大块突兀的石灰岩悬崖，悬崖一直延伸到 Yang-Lou-Chou（杨柳树）村。

　　溪的左岸，层叠遗留着一些可能是唐朝修筑的小型防御工事，当时的目的是防御南诏国。

---

①Palestro，现名 Lakhdaria，是阿尔及利亚北部 Bouira 省下面的一个区，当地有一处河流峡谷较出名，法国殖民时期亦叫它 Palestro。

过了杨柳树村之后是太平村。此村筑有森严的防御工事，但我们发现该地竟然有一家很不错的客栈。下坡路已没那么急，小路穿过两条汇入横江的小溪后又弯弯曲曲地向峭壁盘旋而上，最后一直到大关。

大关城矗立在小溪右岸的一大块峭壁之上，俯视四周，位置很优越。我估算了一下，城内人口6000余人。它的对面是一座高大的石灰岩山峰。该城是兵家必争之地。城周筑有带雉堞的围墙，像是明清遗留，但保存得很好。城内主街上，人群熙来攘往，十分热闹。

当地产有自我进入云南省以来所见到的最优质的煤，它也是此地所使用的唯一的燃料。

9月2日，我们在大关城停留了一天时间，之后又继续赶路前往老鸦滩。写这些文字时，我们到老鸦滩已有两日了，正准备继续上路赶往水富。前方的道路已不适合驮畜行走，这也是我们问了很多当地人得出的结论。最终，我们遣散了那些骡马，这个决定本应该更早些就做出的。从大关开始，道路便是被辟于悬崖之上，下临深渊，栈道又湿又滑，对负重的四蹄驮畜来说，很明显已不适合在这种路上行走了。多亏了马夫们的耐心和灵巧，这一段路我们才没出什么事故。这就像个奇迹。

大关见闻

即便如此，我们还是遭受了一个不小的损失。一头驮着两个旅行箱的骡子，因见到道旁一具腐烂的同类尸体而受惊失控，带着行李一头冲进一旁的溪水之中。

好巧不巧的是，这两个箱子刚好又是最贵重的，里面装有我们的科学仪器、药品、照相设备、笔记本等等。为了带上这两个军用旅行箱，一路上我们早已吃尽了苦头。对当地骡子的体型来说，这两个旅行箱太过于笨重，在狭窄的悬崖栈道上，它们时时会擦到崖壁或是道旁的灌木和荆棘。驮它们的骡子也早已又疲惫又厌烦了。

而我们其他的箱子，尺寸大小适合中式驮架，毫无疑问，它们就没让我们遭受这样的懊恼。

◇ 驿道上的背夫

好不容易将旅行箱打捞了上来，它们中的一个已完全被撞烂了，里面珍贵的物品就这样漂在水面上，大部分已遭到损坏。更糟的是，箱子落水时天上还飘着小雨，打捞上来的东西一片狼藉。三个月来，我耐心收集到的昆虫标本，大量的摄影底版和未冲洗的底片，一半的药品，统统无可挽回地失去了。所幸，我的日记和一些汉文资料没受到什么损坏，仅仅是打湿了。总体来看，这次事故也没造成很严重的后果。同样，这个深刻的教训让我想对那些旅行箱制造商说，在中国市场上，制造产品时要三思。

大关知县本来是想派一支队伍护送我们的。护送队伍由鸣锣者和举大红旗者等组成。鸣锣是通知对向来的马帮，在路合适的地方避让一下，旗子是通知对向远处的马帮我们要过来的一个信号。

这些防备手段也不完全是多余的，因为道路实在是太过于艰险。某些路段，山顶往下的台阶完全是开凿在石灰岩峭壁上的，一些隧道内的小路异常湿滑，要么就是道路七拐八绕开在悬崖之上，稍微犯错就陷入万劫不复之地。即使如此，在道路最艰险处，却也矗立着寺庙，里面的神佛张牙舞爪，怪异可笑。它们仿佛在提醒路人要向和尚、道士慷慨施舍，否则，山里的那些精怪可是会找你麻烦的。

这条路几乎只有人力背夫行走，很少有马夫敢冒险牵马通行。所以，背夫们十分迷信，他们买来用来供养那些假和尚、道士的香烛，可是一文钱都不敢讨价还价的。而那些游手好闲、寄生虫般的假和尚、道士则自在地住在他们的"巢穴"之中。

从大关出发到此地，我们走了四站路：第一站到大湾子，62.5公里；第二站到吉利铺，22.5公里；第三站从吉利铺到豆沙关，30公里；最后到老鸦滩也是30公里。道路几乎一直往下，除了要越过几处湍急的溪水和在对岸无路可通行时，我们不得不绕路爬过几处小陡坡之外。随着道路愈往下行，植被也开始出现变化。

在第一天，马塘子和Sin-Ga-Hi-Di（新街底）村旁，我头一次见到了油桐树。这种树的果子可提炼一种干性油，这种油在中国用途十分

广泛。我注意到还有一些板栗树和杨树，后者在云南很罕见。很多云南的旅行者很容易错把乌桕树当作杨树，因为两者外形太相似了。在流经新街底的小溪上有一座优雅的吊桥，我们从桥上经过。此地海拔940米。午饭我们是坐在剑叶龙血树下吃的，吃到了鲜美的虹鳟鱼。

第二天，我们连续过了Tie-Sen-Tie（铁浅溪）和好几个村子，又再一次跨过了那条溪水，此时的海拔是780米。终于，在离Tchou-Ouang-Tse（左湾子）不远的地方，我们第一次看到了在藏族聚居区常见的溜索。一条粗竹缆或藤缆跨从悬崖这头连到那头，人畜坐在绳子上，绳子一头连着滑轮或简单的一个木筒，滑轮或木筒由细绳绑着，靠拉拽在粗缆上来来回回溜行。

从下水洞村前面的几个峡谷一路前行，沿途均为石灰岩地貌。

吉利铺是个大镇，此地海拔为720米。该地有很大的一个集市，四川过来的商品充盈其间。第三天，我们离开了吉利铺，路上开始有橙树出现，还有枇杷和一些其他的热带植物。道路是在板岩上开凿出来的栈道，呈悬突状，下临有数米之高的溪水。河面海拔为700米。

在离豆沙关不远处，道路在一面垂直的崖壁脚下弯曲绕行。崖壁高处，一些石灰岩洞穴被开凿了出来，当地人将死者安葬在洞内。这些诡异的墓穴，里面堆叠的棺木仍清晰可见。这个场景给迷信的汉族人带来了成千上万种荒诞离奇的传说。

第四天的行程很明显地被分成两个部分。我们先花了3个小时上行到一处垭口，垭口海拔1350米，接着是下行往老鸦滩（盐津）方向。路极其难走，下行也同样花了我们3个小时。

在垭口时，骤雨来袭。为了躲雨和顺便吃点东西，我们在一个小棚子里歇了一阵。近几天，我们大家吃的以玉米居多，取代了之前的米饭。将玉米粒磨成粗粉，焖煮而熟，味道相当不错。但是如将玉米磨成细粉，做成卷饼，裹以玉米叶再拿来蒸熟，或做成小面包状，放旺火上烤着吃，那更是令人食欲大增的美味。

此时正值玉米收获季，它在当地可是宝贵的农作物，什么部分都有用：花和秆可用来喂食牲畜，而玉米棒，根据其成熟的程度，或嫩或老，均可作为口粮。

云南人喜欢这种农作物多过稻谷，尤其是今年，昭通府早已预示了夏日的干旱天气，很多稻田都改种了玉米。"你看，我们的小孩长得有点胖，我们就应该种玉米。"城郊一个实诚的农民说道，"我们就要跟其他村子那些种稻谷的憨包来点不一样的东西。在这种干旱的年头，还用得着犹豫种不种玉米吗？"他下了个结论。

对于从四川输入云南或反之的商品来说，老鸦滩是一个重要的中转站。当地厘金局的管事由道台兼任，在昭通府的时候，我多次拜访了此人。他当时因丁忧正在三年守制当中（按例，官员的父母血亲去世，须挂印守制，三年不理公务）。他向我肯定地说道，去年一年，当地厘金局向省布政司纳银6万两，约合19万法郎。也就是说，当地商品年贸易额为300万法郎。但据我估算，此数字远低于实际贸易额，但又怎么才能得到一个较精准的数字呢？

实际上，进出云南的四条官道，表面上每一条官道都显得它自己是最不起眼的，比如我们走的这条。而且接下来从老鸦滩到金沙江的道路将更加难走，难走到货物只能靠脚夫来背。之前从大关到老鸦滩的那段路，道路也同样崎岖难行，骡马背驮货物的情况已比平常少了许多。

这些可怜的背夫，个个吸食鸦片，面对这艰难的职业，却比骡子还任劳任怨。我见过一个身材高大的背夫，负重120斤（已经是一头骡子的负重量），从昭通走到老鸦滩，足足七大站路，最后所得工钱仅为3法郎。

横江从老鸦滩开始可以通航。几艘拉着铜和锡锭的小木船正顺流而下。这些锡锭来自蒙自附近的个旧锡矿。之后，木船或放空（基本放空）然后逆流返回。它们不载旅客，因为险滩急流的通行太过于危险。在城西边尽头处的吊桥附近，10—12艘的小木船队正泊在岸边。这座吊桥，与其说是桥，不如说是一块跳板，驮畜是严禁在上面通行的。但，坐骑是被允许通行的。

河的右岸有城里唯一的一条街，街边挤满了商铺。商铺房子的一头悬挑在陡峭的河岸上，而另一头则背靠孤挺的山腰。一些破陋的房屋摇摇欲坠，破败不堪。这些房子里面，却聚集了成堆的脚夫、马夫、乞丐和流浪汉。

给来往的马帮们提供各种补给是老鸦滩重要的零售生意。此外，四川产的各种商品也是相当重要的贸易，如竹编器具、绳索、漆器及各种云南人喜爱的器皿等。

城内几乎没有货栈，而货物停下来只有如下原因：一是更换背夫队伍。二是转运，由金沙江卸下的货物靠可怜的四足驮畜运到此地，然后货物转运到同样可怜的两脚背夫的肩上。因为我们来时刚下来的坡路，驮畜几乎无法攀爬。

老鸦滩，滇东北之尽头，从此地再走两日半的路程便可到达川滇交界处。要进入四川，我们必须顺横江而行。横江两岸陡峭逼狭，这种状况一直持续到与金沙江的合流处。

离开老鸦滩，经过6小时的路程后，我们到达深溪坪村，此地海拔550米，土地多为沙质，道路铺有石板，高低不平地蜿蜒于河的右岸。道路时而上坡，时而下坡，一连串难行的石阶对我们的坐骑和负重的背夫来说真是种折磨。可怜的人畜们，被重物压得腰都直不起来。

我们住的客栈，停留着几位背锡和铜的背夫，这也证明了这些金属从老鸦滩运到金沙江并不只是靠水运。

村里的小集市上售有棉布、烟草、茶叶和各种用苯胺上色的粗劣布品。这种小市场非常具有四川特色。

我们的第二站是滩头镇，还是位于横江右岸。此地海拔更低，450米。气候明显不同。这里与我们前面在的云南高原还有不同，稻谷是一年两熟。植被的变化也越来越明显。

从滩头镇开始到金沙江，水运也更为繁忙。路上可见数量更多、舱肚更大的木船泊靠在岸边。

值得注意的是，一座我们要通过的吊桥，它横跨在横江右岸的支流上。造型既大胆又优美，绷起的铁链从这头拉到那头。铁链的尽头被牢牢地锚定在石砌的墩柱上。而桥的这头，则建有一座优雅的亭子，这是汉族人的风俗。亭阁的外形雅致、轻盈，让整座桥看起来有种特别的美感。

离开滩头，经过一小时的路程后，我们到达了两省交界处，路边用木牌标示出了此界限。

边界两边的海拔、气候及土壤的特性都是一样的，然而景观却已有了变化。这种差异很大一部分是政治因素造成的。它明显向我们展示了一地的生活和繁盛程度是其治理水平高下的直接结果。另外，蹩脚的治理也是内乱的根源。

云南这个偏远省份，多接纳贬谪的官员，是其差劲的治理产生了云南的内乱。多年的战乱，云南的人丁遭到大量屠杀，土地遭受蹂躏，这跟四川省的人丁兴旺、经济繁荣对比非常强烈。两省界线的划分，也同样泾渭分明。其一侧的土地是薄辛和遭诅咒的；而另一侧，则是丰腴和受惠赐的。

这边厢仅凭人力，通过他们的劳作、他们的智慧和毅力，静静地将这些山坡改造成了层层梯田，上面种满了稻谷和果树；而另一边却任暴雨横流，既不能将其蓄住，也无法将其导引，它所带来的只有破坏和死亡。这是块荒芜的土地，除了洪水之外，还有火灾在毁坏着一切。

但今日，这种状况正有所改善，云南正在恢复它的平和。许多四川移民正在迅速地填充着这个省份。这些移民并不是我们想象中的浅尝辄止，他们不仅聚集在两省交界之处，还向云南的纵深挺进，一直到滇池周边的高原坝子上都有他们的足迹。尤其是在城市里面，在那里，移民正试着积累起他们的财富。

就在昨日，在云南高原上，那儿还是泛着春日的喜悦。而此地，在这海拔更低处，却连夏天都跳过了。这里已几乎是秋天，到处都在收割。这种过渡是如此的突兀，以至于让人印象极为深刻。

诚然，如我一直所认为的：喜悦并非在收获上，而恰恰是在播种时。播种就是播下希望。春日有沸腾的精力，有无尽的希冀，是一种生命诞生和成长的喜悦。

而收获，是将食物聚拢、储藏和保护起来，是为了抵御寒冷和匮乏。丰收，是对坏年成的一种恐惧，是对严冬冷到极点时的一种先兆性战栗。人们加快收割速度，抓紧在破坏性的骤雨来临前将稻束聚拢；人们忙于堆放，将必需的储存放在安全的地方。人们担谷到市场去出售换钱，却总是失望于所得。如果收成太好，则价格太贱。但要是收成很差，虽然价格高些，但所得也不会更尽如人意。失望总是伴随着他们。所以，喜悦并非在收获时。

此时，我们又再次回到了热带河谷的土地上。山坡上面是被四川湿润的气候所笼罩的甘蔗地和黄花棉田。热带的水汽被川边临藏族聚居地区的高山所吸引和阻挡，然后冷凝形成滞留的湿气，在这个到处都是水稻和田园的地方，湿气是生命和财富的源泉。在这里，人们开荒退林，甚至连家畜都少养，[①]为的是能尽可能给人留出空间进行生存和繁衍，这非常符合中国特色。

这个美丽又富饶的省份，要跨2400公里长的河流才能连通海岸，其中有700多公里的河道难以逾越，哪怕是对常规水运来说也几乎是不可能的。而要从越北东京进入这个非常有经济吸引力的地方则要求助于云南。我们的铁路将把它连通到大洋，在那儿，对四川那让人无法抗拒的魅力，人们将表现出他的欣赏和欢迎。

这些铁路，我们将修建它们，我们也应该修建它们。这是基于我们最根本的利益。同时，这也是落在西方人身上的一项高尚的归化使命。以人类的名义，为了文明和进步，我们无可避免地且是必须要打开这个至今都自闭于人类进步大门之外的国度。

关于四川，此处我也不再赘述了。尽管就我个人而言，我也花费了不少的时间去研究它。但这里，我只想专注于云南的记述。没做过多

[①] 在中华帝国，役畜或力畜的使用并不多见，而是人力在田地上干所有活，人力代替了这些牲畜。有句俗语是这么说的："地养一头牛，可养十二人。"

停留，我们的旅途继续往前，先是过了 Kouen-Tiane①，此地宛如四川的"蛮耗镇"，装满盐巴的木船来到此地卸货，然后回程又装满云南的物产，如粮食、棉花、油、水果和蔬菜。人群在河岸边来来往往，所有的这些贸易均在内陆河港之上进行。在这个庞大的帝国疆域内，到处河溪相连，不分日夜，内陆河运这种既经济又方便的运输方式撑起了这如同蚁群运输般的经济活动。

再往下走，穿过叙府（今宜宾），到达重庆。两地是3天的水上航行距离，江上航行，虽然江水浑浊，倒也得到了短暂的相对清静。之后，重庆往下到宜昌，船航行了700公里。12天的水上路程颠沛流离，众多的峡谷扑面而来又迅速被穿过，岸边一众汉族人聚居的城市，外观上几乎未受到中央政权的蹂躏。在这片古老的中国土地上，它们仍然保持了汉式的风骨。水上的旅途中也不乏各种插曲。比如跟那段满布咆哮的礁石的恶毒航道进行搏斗，在最险恶的江段，木船通行的速度让人心惊胆战。

宜昌之后是汉口，然后是上海，回归到文明世界的速度是如此迅速和突然。再接着是经中国香港、新加坡、槟榔屿中转，在仰光上岸之后又穿行缅甸到曼德勒。从那开始，我们准备从西线再次进入云南。②

我们搭乘了一辆拉夯砟石的火车，到达了它的终点站——腊成。铁路被决定暂时修到此地为止已有很多年了。自英国的 Curzon③ 勋爵进行了旅行查看之后，铁路工程便被彻底停止了。从此地到 Koulon-Ferry（滚弄渡港）还有145公里路程，这当中，有95.5公里的路线已被完整地考察和研究过。而剩下的48公里是最艰难的，尤其是下到缅甸境内的萨尔温江的路线，连勘察工作都未完成。因为我们修的铁路线切断了

---

①Kouen-Tiane，按作者行进路线及下文描述，疑此处也是书写错误，当是Gnan-Bian，现为宜宾市安边镇，历代为长江航运重镇。

②作者第二次从西线进入云南（路线大致为后来修的滇缅公路），按时间推算应该已经是1903年了。

③George Nathaniel Curzon (1859—1925)：乔治·纳撒尼尔·寇松，英国政治家，1898—1905年任英印总督。

他们的未来路线,所以现在在缅甸,只有一个声音在宣告着:"继续往前修铁路是没有用的。"(原文如此)

在八莫我们碰到了一个法国同胞 D'Avera 先生。他是当地保留老派作风的法国人之一,定居缅甸已有 43 年了。为人非常绅士,有炽热的爱国情怀,异国他乡的这种结识让人极为愉快。他对当地的人事如数家珍,信手拈来。跟他不管聊什么,都让我获益匪浅,并且他总是以一种优雅的随时恭候的方式为你解答问题。

在八莫,我们的马帮很快就被重组了起来。我们之前收集的东西大部分已寄回法国,这次我们尽可能地减少了行李。

从这里到中国边境有两站路。

第一站是平坝,要穿过环绕八莫城的村子。热带的森林繁茂又壮丽,各种不同的花叶争奇斗艳。通常这些都是在法国的温室里被宝贝般呵护的植物,而此时却在我们的眼皮底下,随意地开放在美好的阳光之中。林中交织着各种藤类、巨大的蕨类和兰花科植物及竹子。竹丛下部的嫩茎,因为鹿嘴的啃食,形如一个开口的篓子;成千上万的鸟儿在林中歌唱,数以亿计的色彩斑斓的虫儿在林中繁衍。几个小时后,我们走出了这座让人恋恋不舍的"伊甸园",进入了单调乏味的坝子。伊洛瓦底江的支流静静流淌在这个坝子上。

第一天的傍晚,在走了 6 个小时的路程之后,我们到达了 Sin-Tieh 新甸(庙堤)[①]。出于实用考虑,英国人在每个站点都修建了舒适的平房。疲惫的旅客可在平房内找到所渴望的一切东西:浴缸和淋浴器,充足的用水,通风透气的房间,柚木床、桌子、椅子等一切热带地区所需要的带有殖民地特色的舒适的配置。

此处气候温和,夜幕降临时,显示温度是 23 摄氏度。从八莫到此地,海拔升高了 380 米。从新甸望出去,视线在坝子上居高临下,一览无余。伊洛瓦底江流经其上,江面上的夕阳让周围看来宛如仙境。

---

①Sin-Tieh:庙堤,缅甸克钦邦的一个小镇,新甸和庙堤是不同叫法,但为同一地点。

法国夫妇滇游纪行（1902～1903）

　　第二站通往 Ko-Mo-Kho①，这也是最后的英国驿站，最后的平房和舒适环境，是我们进入中国前与欧洲人最后的联系。此时的我们身处掸邦中心，靠近克钦邦的边缘地带。当地人均为山民，从各方面来讲他们都比较原始，几乎人人都有大脖子病，非常穷困。他们的住房是树枝和茅草搭建的，主要靠狩猎及林中的天然物产和在茅屋周边的一点种植来维持生计。

　　一天来，道路逐渐升高，中途我们甚至要翻越一座海拔820米的垭口。Ko-Mo-Kho 在另一侧的山坡上，海拔为520米。

　　整整一天，我们和上上下下的不少马帮擦肩而过。他们中的不少人是藏族人，驮有麝香、大黄等，还有打算上行赶到英属八莫去出售马匹的马贩子。我们在进入缅甸时，官方给出了一个1900—1901年的进口马匹数据，741匹。但，这之后再也没人做过任何类似的统计。我相信目前此贸易额应远远大于这个数字。

　　还有一些跟随马帮的大型犬只，像长着狮鬃的圣贝尔纳犬种②。它们是藏族人的得力助手。马帮在临时露营地过夜时，这些犬只是人类很好的守卫。

　　边境哨站建在一条小溪的右侧，风景如画。过了小溪便是中国地界了。一踏入中国地界，我们便一直不停地往上走，足足一天，直到到达 Pong-Hsa③（蚌西村），此地的海拔已是1550米了。

　　再次与山地云南重逢，我们呼吸着新鲜的空气，目光又一次在众山峰上逡巡。再一次，我们找回了跟法国类似的动物和植物。

　　正逢春节，我们今天过夜的好客农家非常应节，他们杀猪宰羊，在家中香案上插了不少的香，孩子们害羞地过来请安，他们跪在祖先牌位前，拜祭的方式天真活泼。

---

①根据作者行进路线，此处应该为洪崩河口岸（红蚌河），Ko-Mo-Kho或许是当地人的发音，也或许是作者听音后的记述不准确。
②此犬种应为藏族人喜欢饲养的藏獒。
③根据海拔来推测，应该是现在的盈江县芒允乡上帮瓦村。

第二天，从蚌西村出发，路往下行通到蛮允，再之后上行进入Taping-Ho①（大盈江）河谷，然后顺着它一直走到腾越。

---

①Taping-Ho：此处的太平河应指大盈江，大盈江过帮瓦村以下不远的虎跳峡江段后始称太平江。

来到蛮允

在这个海拔 700 米，较低洼的河谷地区，热带植被又重占上风。此地实乃竹子的海洋，而在园子内则种满菠萝。这块迷人和富饶的土地上，居住的是众多勤劳又自豪的人民，虽然还是属于傣族，但他们是与其他傣族略有差异的一个族群。

这些傣族人是很好的种植者。每年的种植收获颇丰，还有过路的马帮也让他们获益不少。蛮允（今芒允）的当地人生活十分富足。

◇ 蛮允当地人

来到蛮允

这是块肥得流油的坝子，稻田一望无际，人烟稠密。在这冬末时节，仍可见到数不清的鹭群和野鹅群。在村子的周围有一些巨型的仙人掌树、榕树和悬铃木，它们撑开孕育了百年的宽广树荫，在这广阔的坝子之中，支起一个又一个绿岛。

从现在开始，我们将沿着大盈江骑行四天。从蛮允出发，我们渡舟过江，之后一直沿着河左岸前行。在走了4天逐渐上行的路程之后，我们到达了新街（海拔920米），Tchou-Tche（旧城）（海拔980米），然后是南甸①（海拔1020米），最终到达Sa-Kho（沙沟）②村。过此村后我们离开坝子，向上攀爬翻越了一座石山垭口，然后下坡到达腾越平坎。道路从一些熔岩石块边穿过，这说明了在这个地区很明显有古老的火山存在。

今日的腾越是一座破败之城，这不仅表现为它的城市规模被蜷缩在城墙之中，城墙是用表面粗糙的岩石修起来的，边长为2公里，是在腾越还辉煌的时期所修建的，而现在，即便是在城墙范围之内，腾越城也没有将之填满。

城内不到三分之一的面积是有围建的。我甚至在城里猎获了一只丘鹬。而不列颠的官员们在城内的荆棘丛中不仅猎获了丘鹬，甚至连野鸡都有，这足以说明这座城的荒废程度。城内广阔起伏的空地，甚至都没被辟成菜园或果园。

他们是这么说的："昔日的腾越，城外亦矗立有大镇，镇内多为玉石工匠的坊铺。至于城内，房舍俨然。腾越和缅甸商贸往来一度十分活跃。计有：马匹交易、金银、雌黄（雌黄被回族用作脱毛膏，用量巨大）、麝香、玉石、红宝石和其他种类的宝石。当地的回族人，在缅甸人和汉族人之间，充当了很好的中间人的角色。"

在英国人眼中，腾越的位置极为重要，这也是为什么他们在此设立了领事馆，次年又设立了皇家海关。设立海关是为了避开厘金局的敲

---

①今德宏傣族景颇族自治州梁河县。
②今梁河县沙沟村。

诈。后者的横征暴敛让往来贸易一度停顿。在英国人到来之前，八莫到大理府的路上有五处地方需征税：一是蛮允，二是南甸，三为腾越（厘金），四是腾越（丁税），五是永昌府。此外，商品必须缴纳15%的从价税。考虑到不时需私下付出的好处费，则让这个比例上升到25%。而对于英国人引进的商品来说，这种状况甚至更为恶劣。

1901年，腾越的第一任英国领事是利顿先生。他在其英国同胞蒙哥马利的陪同下，从八莫赶来此赴任。而蒙哥马利充任当地海关监督。他来腾越打算设立办公地点。他们俩到达腾越的时间是11月13日，但彼时为贸易淡季，因此他们决定等来年5月份启动新的计划。他们的到来受到当地汉族商人的热烈欢迎，因为今后他们只需付平均3.5%的准入税，外加2.5%的转运税，合计仅为6%，而且不用再交好处费。

云南省府对腾越海关的设立亦颇为赞同。因为之前人们对厘金局的指控让省府不堪其扰，它亦可借此罢免后者。除此之外，省府也从海关设立中获益，因为后者将税收从部分官员的魔爪中夺了回来，并供省府支配。

英国人在努力改善交通道路条件并发展其在滇西和滇西北的贸易，后两地被认为已是他们的势力范围。我们在腾越逗留期间碰到两个英国工程师，他们正在勘察八莫到腾越的可通车道路路线。此项工程也获得了中国方面的许可。同时开展的工程还有通往大理府马帮道路的必要修护和改善。

八莫到大理的山道与红河航道处于竞争状态，这些工程的实施将为他们带来一些决定性的利益。甚至在东京到云南省城的铁路开通之后，某些种类的商品如棉花、棉线、棉布等，它们的分销中心还会在大理，直到我们把铁路延伸到这个地区为止。

而且英国人的行动并没止步于此。目前，从藏族聚居区销往缅甸的商品贸易中，英国人也获得不少好处，这些贸易走得还不是这条路线。英国人试图垄断所有的这些贸易（然而，这些贸易的一部分遵循天然的地理路线，走的还是越北东京）。上述这些贸易，在它们马帮回程时也能保证必要的商品输入，这跟我们的做法是一样的。

英国人尤其垂涎产自藏族聚居区的中药材贸易，比如麝香，而它的转运中心目前还在云南省城。

已经有一些缅甸的玉石，之前它们走的就是云南省城这条路线。在那曾有成千上万的玉石匠人将原石加工成各种物件。但如今，它们已转而走缅甸，然后是走海路到广州和上海。有一个很大的汉族人群就依附于这个生意而在曼德勒立足。

云南高原产的金和银目前走的也是这条路。缅甸市场对这些贵金属有很大的需求，比如用于佛寺装饰和妇女的首饰上面。

藏族聚居区的马匹也同样先到达八莫，然后通过缅甸市场扩散到东印度等地。英国军马局每年都采购大量的产自藏族聚居区的骡马。

如果英国人成功地让麝香、大黄等中药材和皮货生意改道的话，这对我们的红河航道的商运将会是一个冲击。

对这种竞争我们有必要采取行动了，要找到一个可行的办法来解决这一问题。

我们是腾越知县的座上宾，而且借住在他的衙门中，同住的还有英国皇家海关的监督一行。时值一月末，天气湿冷噬人，房间与外面的窗户隔断与中国其他地方一样，仅有一层又薄又透明的窗纸。

房内备有一些铜质火盆，我们在其上以金字塔形堆了些木柴烧火取暖，但收效甚微。常常一头都快烤熟了，而另一头却冷得快要结冰。

整个衙门阴沉沉的。我们房间的墙体被烟熏得乌漆嘛黑，刚到时，房间被重重的蛛网所包裹，尽管我们把整个房间又洗又刷又刮，但它还是显得有点凄凉。虽然如此，我们还是心满意足了。至少我们没有暴露在那些讨人厌的好奇人群当中。

官员们细心地招呼我们，频繁邀请我们过去赴晚宴，并且以我们的名义请当地戏班名角作陪。他们想方设法让我们住得舒适。海关处的英国公务人员对我们也衷心表示欢迎。这些都给我们留下了非常美好的回忆。

从现在开始，我们要走完到大理府的这段崎岖之路。还有三位法国的旅客也跟我们一道出发。他们是Bond' Andy, Jacques Fauré[①]先生及Janselme医生。这个路途要经过的地方连英国人都不太了解。因此，我们几个将聚在一起，尽可能多地对这一地区做一些有用的考察。但是，对这些考察报告的介绍一度太过于深入，偏离了做简单日志的范畴。我应专注于对路上的见闻做简洁描述。还有，云南的这些地区在地缘上靠近缅北，在政治和经济上都是我们的竞争对手英国的势力范围，对我们来说并不能提供多大的收益。

现在正是旱季末期，是往来大理府旅行的最佳季节。此时的河流水位下降，道路干爽。其他旅客在雨季曾碰到过的大困难，我们将不费什么大力气就可以克服。这些都取决于季节。关于萨尔温江逼仄的河谷，英国人在地图上标注有："夏季的气候是要人命的。"除了气候，道路也是超乎寻常的高低不平，我们将在高峻的垭口和深切的河谷中穿行。雨季时，这些地方几乎难以通行。1901年，Jacques Faure 先生夏季经过此路段时，所遭遇到的就是此种状况。

就算如此，整个夏季，这条路上的马帮来来往往也几乎没有断绝。但选择旱季来走这段旅程是极为重要的。

除了明智地选择了旱季之外，对所有装备细节上的检查也同样重要。这些工作都构成了某种"探险艺术"，它会让那些表面上看起来很难的旅途变得容易些。一位伟大的将军说过"陷入死地的总是同一拨人"。这对探险家来说，道理也差不多。

我很庆幸自己并不属于那一拨人。我也肯定地知道自己不会像他们一样！因为我从少年时代开始，漂泊不定的生活已让我习惯于各种各样的困难。

这对读者来说是种损失。因为我看到，当他们读到我的记述时，

[①]Jacques Fauré(1873—1910)：气球飞行员，探险家，1901年和1903年分别两次在云南旅行和考察，1909年乘气球在中国西部上空飞行，绘制有缅甸八莫到云南府路线图。

里面是完全没有戏剧性的、悲惨的冒险经历的叙述，这肯定会让读者有怨念。在我的笔下，崎岖的山路似乎变成了坦途。但是，让它变成坦途的原因是："这些困难在我面前无一例外都能被克服。"

  腾越到大理府有11站路。走这段路，我们做了一些常规的配置。①

  随行人员从八莫就跟随我们了，他们既忠诚又训练有素。我们需要做的是到腾越时要更换马夫，中途到永昌府时，通常还要第二次更换马夫。但是，马夫们对我们的行事方式极为满意，一路上也没人发热得病或者其他的突发状况，中午有休憩的时间让骡马食草，每站路，人员也能得到足够的时间进行休整，因此他们十分乐意全程跟随我们，我们想去哪，他们就跟到哪。这条线路一直到丽江，他们的骡马都习惯于食用随处可找到的干蚕豆。此时在路上，我们这一小帮人正是最好的状态，无论是精神上还是体力上。

  腾越坝子上，丰美的稻田四处延展，肥沃的泥炭土层（黑土）分布在长25公里、宽约6公里的面积上。我们此时从坝子的短边而行，才一走完，马上就开始攀爬山坡。这座山体隔着一条我们明天要越过的小溪，再接下来的整个旅途中，将在单调的上坡和下坡间频繁切换。

  从总的方位看，我们将通过一众相连的互相垂直的山体和河流。这条路也叫英国路，因为英国人已维修过一段。说真的，这个地方真的没受到大自然的恩宠！跟我们从红河河谷及湄公河河谷进入云南的路线相比，天壤之别！讲真，地理优势是偏向我们这一边的。

  离开腾越坝子时，海拔是1600米。之后要翻越一个海拔2260米的垭口，然后再下行到海拔1560米的Ka-Lang-Tcha（橄榄寨）②村。此村是今日的投宿之地。村子建在半山腰上，下面是萨尔温江的一条支流——Kiou-Kiang（俅江）③。

---

①今年，格里耶上尉从滇西北藏族聚居区返回时就在雨季遭遇了同样的困难。后面因此患病，让他不得不提前结束行程。

②今腾冲市芒棒乡水塘行政村橄榄寨自然村。

③俅江：独龙江的古称，此处应该指的是龙川江而非独龙江。

法国夫妇滇游纪行（1902～1903）

次日出发时我们继续下行，过了一座美丽的吊桥，桥下是深谷，一条小河蜿蜒流淌。我的海拔计在桥上显示是1280米。一过桥，又立马开始爬山。此处要攀爬的乃是一条与山腰垂直的陡峭支梁，小路弯曲盘旋。骡马们已不是在走路，倒像是在直立攀爬。

为了让骡马们能喘口气，中途我们停在一个回族小村子里歇息。趁此机会我也观察了一下这些Panthes[①]人。一所房子和几座茅棚，一些家禽家畜构成了这个小村，仅有两户人家居住。其中一户人家的主人拿出些纸上的记载给我看，上面写着8世纪时他们被允许来此地落脚，他们的性格太过温和，甚至于谨慎胆小。

继续上行到一个海拔2500米的垭口，然后又急剧直下，一直到今日的站点——海拔1680米的Ho-Mu-Su（红木树）[②]村。该地在萨尔温江右岸，江水在雾气缭绕的山脚下奔流。

我们在山顶遇到的植被比较特别，是些陌生的植物，热带和高山植被混合生长。

大树杜鹃和矮山竹交互出现，因为湿气的腐化，它们上面均覆有霉斑和苔藓。又深又密的荆棘丛内是杂乱分布的藤本植物、兰科及一些无法辨认的苔藓。这是可怕的死亡之林。夏季，这里的气候是可怖的，各种奇异的生物蓬勃疯狂地滋生出来。长期的植物分解使空气中有毒的瘴气含量过重，一股呛人的霉味直冲鼻尖。此时是旱季尾声，即便如此，林中那些阳光无法穿透的阴暗处还是笼罩在腐败的空气中。

此刻，在一片杉松林密集的山坡处，我们正置身于漂浮着乌云的山峰下面。河流在我们下面一览无余，在河流的背风处，停留着厚厚的水蒸气。这就是"死亡之谷"，骇人的萨尔温江河谷。极少有旅客胆敢冒险来探索它。日落之后，它显得更为可怖。我们所住的茅棚靠近一棵遭雷击烧焦的老松树，它那枯枝投下的鬼魅般的影子离我们仅

---

①Panthes也写作Panthay，滇西地区对穆斯林的称谓，从缅语中衍化而来。参见 *PANTHAY REBELLION*。

②今龙陵县红木树村。

几步之遥。

次日醒来时，乱糟糟的青灰色的云飘浮在我们脚下，我们下行往它们的方向前进。幸运的是，越往前走，因为阳光的照射，水汽逐渐收起，当我们走到河边时，水汽已完全消散了。河边的海拔仅有720米。此处的河面很宽，超过120米，上面架有一座两跨吊桥，吊桥造型让人惊叹，我们一行迤逦过桥。①

这个季节的河流水位很低，河床有一半是露出水面的。河流回到了它最温情的样子，河水从吊桥左侧的两个桥墩中间缓缓流过。水流很小，这截水面宽度不到50米。

视线顺着河流下游向一处坝子伸展开来，坝子的南面看来要宽许多。

一过了桥马上又是上行。顺着一条石冲沟攀爬，一直到海拔1530米的分水岭处，从那再下行到蒲缥村。下面肥美的坝子与该村同名，坝子上种有蚕豆、豌豆和小麦。我数了数，在西南—东北方向的蒲缥坝子上分布有50多个村子。坝子长约18公里，宽度2—4公里不等。

第二天，从蒲缥村出发时海拔为1440米，再次攀爬到一座海拔为2170米的垭口，从那儿又笔直地下行到宽广的永昌府平坝。

马可·波罗曾描述过这个面向缅甸的坝子，在他的中国南部之旅中，他所离开的Vo-Shan，就是他给这个壮丽的城市所取的名字。②此城就是今日衰败脏乱的永昌府。几个世纪以来，这个可怜的地方一直都在衰退，晚清的事件更是加速了这种衰败。如果这位威尼斯人所描述的是真的，那么曾几何时，此地乃是东南亚的一个大都。他在书中描绘了在此地发生的一场著名战役。此役有2000头大象参与。如果这是真的，我们现在所看到的坝子南端的开口处，是便于这么多大象进出的。如今的永昌府已寂寞无名，没有一个法国游客考察过它。英国人的勘测队也

---

① 此处吊桥应是惠通桥。
② 见《新纂云南通志》卷2第303页，及《马可·波罗行纪》（冯承钧译），此处应为Yo-Shan之误，即永昌，永昌之名古已有之，非马可·波罗所取。

还未公布此地的考察结果，甚至是他们修建铁路将经过此地的路线也未公布。

中印之间的贸易以前走的便是这条路线。它曾被称为"玉石之路"或"金银之路"。今日破败得令人惊讶的城市如大理府和永昌府，毫无疑问，昔日的它们曾经历了繁华。而今，在这些死寂的城市，人们的生活水平一落千丈。

在这坝子上有几千公顷的面积种着鸦片，它腐蚀和摧毁着人们的身心，让人变得愚笨。路上尚能见到一些巧妙的水利工程的痕迹，它们是用来引水、整治和分水用的。其中，引人注意的是一个人工塘，它背靠山体，由一座椭圆形的土堤坝围起。堤坝中央是一座大闸门，连接有四个分水槽，分水槽将水引向一些主要的水渠。

此地种植的罂粟刚从土里面冒出来，一畦一畦的，土松得很均匀。罂粟是时刻都要花心思侍弄的作物，每一株都要用水肥人工进行浇灌且要经常松土保持土壤透气。对于种植者来说，优良的种植就意味着能最大限度给他们带来收益。

我们知道，鸦片是当罂粟完全生长几近发育成熟时，由它花中绿蒴果上分泌的汁液所制成。为了采集这种汁液，云南的罂粟种植者们使用一种三尖头刮刀，或者用装在指环上的三齿钩在蒴果上开槽。第二日，他们使用形似截枝刀的小刮片来收集蒴果在夜里渗出来的乳白色汁液。这种汁液遇空气后变成棕色。

在永昌府

　　纯鸦片就是由糊状、浅棕色的物质构成的。此阶段，它的价格就已经不菲了。只要一小块，很轻的重量，就已是宝贵的商品，能承受高昂的运输费用。同时，这种作物的种植正在逐日地传播扩散并代替其他的一些冬季作物如小麦、燕麦、蚕豆和洋芋。云南鸦片的年产值约为5700万法郎，它是该省最主要的出口商品且预计该商品还有巨大的出口增长空间。有朝一日，当中国人明白他们傻乎乎地给予印度产鸦片的进口便利是在损伤云南的鸦片出口时，明白了真正的利益之后，云南的鸦片出产可能会翻倍，甚至会增长3倍。

　　事实上，现如今云南的鸦片转道东京进入广州后已不知其来源何处。它们受到跟外国鸦片一样的待遇，也须支付可谓绝对昂贵的进口

◇　收割鸦片

关税。

　　所以尽管走两广陆运道路艰难，尽管路上有盗匪出没和各省厘金局的敲诈揩油，但这项商品还是选择走这条路而不是走更便捷的红河航道和东京。

　　然而，这些困难若大幅降低的话则种植者的利益和买方市场都将得到惠处。现在这种状况不应再持续了。在中国，这尚属首次，我们双方的利益是一致的。我们要消除那些修建铁路所遇到的令人恼火的阻碍。对中国国库来说，取消再进口关税，他们也没有损失，因为没有了转运，也就没有了再进口一说。

　　而且当时谈判的时间点也选得很好，那是在为解决庚子赔款事务的谈判之后，我们的人竭尽全力在中国进行外交斡旋，次日关于此问题而展开谈判。离现在也不过才几个月时间。

　　我们付出的热情是应获得一些回报的。如果我们的外交部从利益出发，发展同云南的贸易关系的话，我们定能通过当时有利的背景要求云南政府解决云南的鸦片问题。对后者来说，解决此问题费不了什么劲儿，或者更准确地说，只要有一点诚意就够了。

　　但在这次谈判中，好像对我们在亚洲所采取的负面政策并没有起到新的改善作用。

　　而且当前的状况是：英国人认为他们印度出产的鸦片会产生一个受很大威胁的将来。因此，他们很想维持原状。但事实是与这个逻辑彻底相反的。关于这个问题，我们可以看看 Ryder 上尉在他的考察报告中所写的："印度产的鸦片进入中国被课以重税，过不了多久，云南鸦片将在中国市场上击退所有外国鸦片。在这个问题上，英国的供应市场将以自然死亡的方式退场。"

　　我们的观点是：云南鸦片通过红河航道进入中国其他市场的关税改革被促成后我们将获得很大利益。因为鸦片通过我们印度支那属地转运的话，必然会带来相关利益，而且这个贸易去程经过东京，回程时可产生对等贸易。这样一来，最终会促使鸦片种植面积的扩大和鸦片价格的上涨。这些都是云南鸦片种植者收益的来源。为此，他们今后的购买力也会有巨大的提高。

永昌府城内的地形更加起伏，主街上的一些商业活动主要由跟周边农民的零售贸易组成，市场上的商品以生活品如肉、蔬菜和调味品为主。

这里处处显出衰朽！仙人掌和荆棘在瓦砾堆上疯长。曾几何时，这些瓦砾堆上都是些优雅的建筑物。它们就像我们在附近山坡顶上所看到的佛教寺庙一样，位于风景优美之处，众多百年老树拱卫。而现在这里到处可见坟墓，是何等的破败啊！坟墓一直延伸到山脚，然后再往上延伸到山顶的一片冷杉林中，在坝子中，坟墓也是密密麻麻。坟墓见证了这个曾被称为"小北京"的大城的昔日繁华。永昌府之所以被称为"小北京"，是昔日当地有许多生员去北京参加科举会试，回乡时，带回了北京的文雅风气，甚至有人从北京带回了妻妾。而今日，令人失望的是，街上甚至碰不到衣着考究之士。脏臭的街道已成了垃圾场，衣衫褴褛的穷人和农民来来去去，为着一点可怜的小买卖争得面红耳赤，成群的猪在他们当中钻来钻去。

我们往东前行了8公里，到了板桥镇。当地的工商业看着不错，似乎这个地方取代了废弃大城永昌的地位。当地的衙门外围着一群饥肠辘辘的逃役之人，如果在乡下则没有这种破事。这些人都是些失意的文人生员，他们四体不勤，却期望靠朋友或亲属中的某一人而获得一官半职，能得到鸡犬升天般的美好待遇。但他们常在等待中悲惨地崩溃。充斥在中国社会中并使之腐败的，正是这些寄生虫，这些不受人待见的祸害。

在平坝上行走了两小时后，又是如往日般攀爬到山顶。山顶海拔2450米。从那我们下行到今日的站点——坐落在澜沧江边半山腰处的Shui-Tao[①]（水寨）。第二天，有两小时的道路是在"台阶"上连摔带

[①] Shui-Tao：此处按发音明显是笔误，该驿点自古就为水寨村。参见《新纂云南通志》保山分页地图及同一时期欧洲其他游客如莫理循、George Ernest Morrison等人的旅行记录。

爬,"台阶"只是字面意思,实际上是在石灰岩上直接开凿出来的凹槽。我们到达了海拔 1100 米的澜沧江边,河上悬有铸铁粗链勾连的吊桥,粗链固定在桥两端的巨型墩墙上,其上覆有新修的亭子。整座吊桥的造型既大胆又优美,桥面板也是新近铺设的。这体现了英国当局为维护这条路所做的努力,甚至体现出他们在必要时舍得花钱的决心。

在桥上测出的此处河面宽度仅有 47 米,但我测出水面离桥面有 10 米的高度,水砣测出江水的深度是 14 米。这也意味着,这个高度还可以通过巨量的水流。这个季节水流较缓且小,浮标在一分钟内所漂流的距离是 54 米。

博南古道

　　在江边歇息的两个小时中,我们看着江流,不无伤感。这蓝色的水流啊,流向的是法兰西的土地,轻飘飘的浮标正漂向她的怀抱,这不由得让我们有点羡慕起浮标的命运。它将看到那些令人自豪的地方,先是老挝,然后是柬埔寨,最后是交趾。这条大河将辽阔的印度支那半岛一分为二,最早考察它的是我们那些博学之士,我们的军队保障了在它上面能自由航行到船所能及的最远之处。我们梦想它有朝一日是真正的法国河流,这一天必将来到。那时,要么它是整个属于法兰西的,要么至少也是我们势力范围的一条边界线。它的左岸是实打实属于我们的,为了这个我们已付出如此多的牺牲。

◇　历史上博南古道著名的兰津古渡

没有人会告诉我们，英国人凭借 1876 年的外交局势，已将势力范围延伸到大理府。这已经对我们构成了损害。事实是，在马嘉理被杀后，《烟台条约》允许英国人在大理设立商务代办，但他们并未趁热打铁将实际的影响力扩张到此地。近期，除了他们有发展棉布倾销的尝试之外，其他的影响力可忽略不计。

从 1825 年开始，天主教的传教士们便在西道[①]开始进行福音传播了。如 Le P. Huot de Langres[②]。1845 年，法国人彭神父是首个在此地长驻的传教士，之后接替他的是中国人黄神父（Mathieu Houang）。在持续 18 年的战乱中，教友们东躲西藏，是这些神父，他们忍受着物资的极度匮乏、冒着千难万险，保护了这些教友。战后，紧接着而来的是鼠疫。我们传教士中的两位，为了他们虔诚的信仰，成了鼠疫的牺牲品。最后，在 1874 年，Le P. Batifaud de Clement[③]，他是在当地被杀害的。1883 年，这次轮到了 Le P. Terrase[④]，他就是在大理府附近被杀害的。神父罗尼设[⑤]在写给云南主教的信中说道："你们想到马嘉理，但又有谁想到他所带来的警示？我们没诉求任何外交利益作为死去传教

[①] 西道，指迤西道，包括现在的云南西部和西北部地区。清代后期云南被划分为迤西道、迤东道和迤南道。

[②] P. Jacques Huot (1820—1863)：大写的 P 指的是法语中的 père，是天主教中的神父或司铎的意思。巴黎外方传教会（M.E.P）（全称为：missions étrangères de Paris）传教士。中文名彭卧。1845 年到昆明，同年前往大理传教。1850 年转往昭通水富县成凤山小修院任副本堂。1863 年在当地感染鼠疫后去世，葬于当地，墓尚存。

[③] Jean Baptifaud(1845—1874)：巴黎外方传教会（M.E.P）传教士。出生于法国克莱蒙，中文叫傅神父，1874 年到永胜片角镇传教，因几年前湄公河考察队安邺一行在大理一事引起当地民众排洋运动，同年于混乱中被杀。

[④] Jean Terrasse(1848—1883)：巴黎外方传教会（M.E.P）传教士。中文名张若望，1875 年到大理洱源传教，1883 年因为和当地民众的纠纷而被杀，时称"浪穹教案"。

[⑤] Jean Marie le Guilcher(1828—1907)：巴黎外方传教会（M.E.P）传教士。中文名罗尼设，1854 年开始在鹤庆黄家坪传教，之后辗转滇西大理各处，曾任云南教区副主教，是大理天主教传播的元老。19 世纪末到 20 世纪初，众多西方探险家或旅行家在经过大理时都受到过他的帮助。如法国的亨利·奥尔良王子一行、英国的吉尔（William John Gill, 1843—1882）等。

士的补偿。在那个年代，云南完全被我们忽略了！"

过了澜沧江，我们再次上行，然后登上了海拔1650米的垭口。垭口另一侧是杉阳坝子。这里的澜沧江边分布有粉色和蓝色的石灰岩，我们在路上经过的是板岩。

在杉阳村，我们看到一些石匠在用这些板岩来加工墓碑。

澜沧江的一条小支流灌溉着杉阳坝子。坝子中作物齐整且野物众多，有鹧鸪、鹌鹑、雉鸡和大体型的鹬。

从杉阳出发时海拔为1520米，此刻的我们必须攀爬到海拔2530米的垭口，然后再下行到今晚的投宿地——海拔1640米的Tchou-Tong（曲硐）。这也意味着，一个早上我们得爬超过1000米的高度且在下午要下行同样的高度。对人畜来说这几站路太艰难了，而且温度的剧烈变化对健康也相当有害。

离开曲硐，又上行至海拔2520米的山脊处，此地林深树密，在那儿可猎获到雉鸡和胆小的狍子。老虎也时不时地捕食山羊群中的一两只来证明它的存在。

天井铺村和北斗铺[1]是驿站所在处，它们的位置低一些，在海拔2000米处住有一些樵户。往昔，人们在当地开采铜矿并将矿石背运到天井铺村冶炼，之所以这样做是因为燃料（木炭）的运输费用更为高昂。而今日，这个产业也被放弃了。

从北斗铺出发，我们继续下行到漾濞河的一条支流处[2]，该处海拔1530米，我们从悬在其上的一座小吊桥上通过。路上再次看到了仙人掌和乳香黄连木，它们是温带气候的一个标识，还见到板栗树和栎树。从那儿，再次翻越一座漾濞河边的山体。漾濞河是澜沧江的支流。山脊线海拔2340米，越过它后，下坡往漾濞河的道路较为艰险。

我们在一几近山顶的樵户村中投宿。村子名叫Tchi-Pi-Cha[3]（草

---

[1] 北斗铺，今大理白族自治州永平县北斗乡北斗村。
[2] 该支流指的是胜备河。
[3] 根据地名发音和作者行进路线，此村应是现在的漾濞县草皮摩自然村。

皮山)。接下来的一站路几乎全为下坡路。到达漾濞县城时,天色尚早。县城修建在同名的河边,显得小巧雅致,进城要通过一座轻型铁索吊桥。

从漾濞到下关有10个小时的艰辛路程。下关海拔1950米。漾濞河[①]在下关与大理湖(洱海)汇合,它是后者的出海口。我们沿着漾濞河边,逆水流方向走到了下关,也即到达了洱海南部最端头处。

下关是一处商贸中心,有不少转运和储存的货栈。而大理府仅为政治都府,且它的重要性在日益下降。英国人前不久刚成功地让昆明的大员[②](署云南提督)调动驻扎于此。之后,该大员还将驻扎到腾越。那儿已经在英国人的眼皮子底下了。

我很仔细地统计了下关城每日集市上的人数,约为4500人,而它的定居人口是此数字的2倍。洱海在南边端头收窄,最终化为一股河流。河流两岸是陡峭的石崖,水流从中间滑行而过。不远处,这些石崖又连接在一起,状若拱桥,河水从此拱中轰然倾泻而下。群山俯视着洱海和大理坝子,下关城就建在山脚厚实的山坡台地上,背靠河右岸的陡崖。汉族人在其上面密密麻麻修建了许多丑陋的防御工事。从中国人的战略眼光看来,这些工事是能防御企图占领坝子的入侵者的。下关老城的城墙便是如此。

河的左岸在洱海和山体中间,场地更为开阔。下关新城在此横向延展开来。此处是商业市郊,无任何防御工事。从市郊往右上角方向前行,主街便是顺此方向来分布的。在主街通过河道时,上筑有一座窄桥,桥由匀称漂亮的石块砌成,两边修有栏杆。桥的入口处修有一扇大型防御门。过桥之后,街道继续向高处延伸,然后在台地的中部向北逶迤而去。街道两旁排列有一些商铺,看着比较破旧。再往前走,前面矗

[①]西洱河在漾濞县平坡镇附近汇入漾濞江,此后漾濞江又纳胜备河等支流,最终汇入澜沧江。作者此处准确地说是沿西洱河逆流走到大理下关。

[②]此处的大员应指时任署云南提督的蔡标(?—1906),后于1902年调任腾越总兵。

立着两座高大的清真寺。

有一些中式风格的建筑看着比较漂亮，这些建筑内有些13世纪的雕花木门。但它们看起来破破烂烂，都快坍塌了，唉！尚还有其他一些古迹，亏得所用的建筑材料质量上乘，如坚硬的石灰岩和冷杉木料，目前状况还不错。杂草从街道上铺设的大理石板的缝隙中生长了出来，相互交织着。这一切都呈现出一种荒弃之感，但又带有某种魅力。

城墙上生长出一些巨型仙人掌，成百上千的乌鸦和喜鹊聒噪不止，叫声占领和充斥着那些荒凉废弃的庙宇。在那儿，我们已找不到任何铭文碑刻的痕迹。

大街上有一处是棉花市场，这些纯棉是从缅甸运过来的。几个肥胖的女人正在斤斤计较地给农户们购买的棉花称重，后者买棉花是用来做夹衣和缝被子的。

集市上的人群来自五湖四海，各有特色。有手上拿着转经筒，边上跟着藏獒的藏族人。他们到处瞎逛，在一些卖颜色艳丽的布料的商铺前驻足，面带惊讶和艳羡不已的表情，还有那些花里胡哨的鞍具、各种五金器皿、成千上万的小玩意儿都让他们感兴趣。但不幸的是，藏族人太穷了，根本买不起这些东西。他们带着药材、麝香和羊羔皮大老远地赶过来，用这些东西只能换取一小点银子。

一些白族女子，服装绚丽，头上戴的头饰如同法国18世纪花园宅邸里面女性戴的帽子，上面缀有银铃铛，她们的头发上插有鲜艳的杜鹃花。我们在街上时不时还会同从远处来此的朝鲜人擦肩而过。他们来此出售人参并回购产自青藏高原的药材。最后，还有缅甸人，他们来此地是被下关的香料生意吸引，想亲手购买一些金粉和麝香。

鱼市上亦是品种丰富，各种鱼类、龟贝类均有。洱海打鱼归来的平底船上出售有鲜活的鲤鱼、泥鳅和黄鳝。

还有柴火市场、米市、蔬果市场、蜜饯糕点市场，到处都人头攒动，浓郁的市井气息扑面而来。在这熙熙攘攘的人群当中，我们费了好大力气才挤出一条路来。

集市的一角开有一家馒头铺，店主是位回族。我经常去跟他闲聊。他是从四川迁移来此的。他说："我来下关24年了，我只卖包子馒头，对其他的事一点都不关心。我们现在在此地的有200户回族。"

下关到大理府的道路是沿苍山脚开辟的。去往大理府的路上，漂亮的洱海一直在我们的右侧。道路在水平面上尚属平坦。但是，路面的石块却凹凸不平。

昔日承平繁华之时，道路肯定是用漂亮的大理石板铺设齐整的。大理石产自左近的苍山，此山尽产大理石了。而今日，道路没人维护，浮动的大理石板乱七八糟地堆叠在一起。偶尔有一小段路，石板铺得相对规整，但此时却又是另一番情形了：石板受马蹄铁经年累月的摩擦，变得极为光滑，在上面走，滑溜得就像踩在薄冰上。对我们的坐骑来说，这站路也是够糟心的了。然而，路途的风景绮丽壮美，让人大饱眼福。

清丽的洱海长度约为50公里，苍山顶上覆盖着白雪。随着我们顺山脚前行，山顶的雪折射着太阳光线，一闪一闪的。路上有各种园囿，众多的村庄在山丘上优雅地散落，我们缓慢穿行。这个赏心悦目的坝子如同织毯一样在我们脚下舒展开来，然后顺着秀丽的山脉延伸，在远方的地平线处，优雅地画出一道天际线。所有的这些，构成了一幅令人赞叹的画卷。

上述是旅途中一个动人的场景，它将会让我回忆和遐想，因为它的优美、它的壮丽，还有它所呈现出来的富饶的面貌。像这样一个地方，它应该在农业、商贸和手工业各方面都是繁荣的。

肥沃的土地，温和的气候，无严冬酷夏，春和不断，让此地的农作物一年有两季收获。苍山顶奔泻而下的溪流带来了人们所需的水力，今天，人们将之用于水磨和水舂，而明日，将用于发电，这是工业上的便利。至于商贸，大理府十字路口的位置尽显得天独厚，将会是四川到缅甸、东京到藏族聚居区重要通道的交会点。

在古代，大理府是世界性的大都之一，13世纪马可·波罗经过它

时还是如此。而现在呢？坟地连绵起伏，如一条线般从下关石灰岩的山脚一直延伸到上关，也就是说距离超过 40 公里。这也证明了，在这个美丽的坝子上，曾经的人烟是何等的稠密。

所有的一切都让我们相信，有朝一日，大理府将再度成为大都。在过去的一个世纪，海上交流的方式变得越来越便利，尤其是海运，已达到了极盛完美的境地。这一度让自古以来陆上的大商路变得没落。但从 20 世纪开始，铁路将让这一状况重新得到平衡。在这点上，亚洲将会经历一个彻底的蜕变。

在我看来，这也是为什么大理将会是一个极为重要的节点的原因，不仅是在军事上，而且也是在经济和政治上。我多么希望我有非凡的口才来说服我的同胞们，让我们把目光投向此地，对它心怀耐心和坚毅。这里是我们在亚洲未来的命运之所在。

从下关到大理，步行用不了两个小时。

可怜的大理！昔日人多繁华的城郊，如今只剩一堆瓦砾废墟。城墙内的府城亦是近半的荒丘。仅有在主街上赶集的时候，尚还保留有几分人气，但毗邻的街巷则人迹罕至，到处都能见到陷于废墟之中或沦为菜园的街区。

大理古城

我们在大理待了足足一个月，因为我有太多的东西要研究考察了。城里的当地人已习惯于看到我到处乱逛和问询，甚至我在铺子里买东西时的讨价还价——这些行为跟外国人的习惯是格格不入的。

我常登上著名的五华楼。从那，目光投向整个大理城和大理坝子，我俯瞰这座落魄之城。在我脚下，一众菜园已在毁弃的房子的位置上被开辟了出来；一些纺纱工正在缫着一束束棉线，这些轻盈的纱线被绷紧在长长的竹制排栅上。可怜的工人们，伴着摇纱机的吱嘎声，哼着略显单调的悲苦调子在埋头干活。

◇　大理古城

这让我想起类似的画面，依稀是在 Grenade① 的 Alhambra②，在金黄色的西班牙金雀花交织着乌檀盛开的粉色花朵下，天空是清澈的蓝，覆雪的山峰连绵到天际尽头，这是 Sierra Nevada③ 的景色，它们跟此刻是一样的，一众雪峰在同样蓝色的天空下，在西边被勾勒出它们的轮廓。

当地人口众多，大部分是白族，他们是既耐心又灵巧的种植者。所有他们在地里种下的，都得到了收获。然而，在这个既缺乏交通又闭塞的地方，这些产出对种植者有何益处呢？还有，这个地方腐败的吏治甚至不能保障老百姓的人身和财产安全。

大理府城周围有350个村庄，其中的一些人口甚众，不啻一个小城镇，一些甚至能达到8000人。大理府坝子，土地是百里挑一的肥沃，气候更是得天独厚，农业和畜牧业占尽便利。

即便是冬日，坝子上的作物也是应有尽有，洋芋、小麦、大麦、燕麦、蚕豆和豌豆，产量都甚高。而且，至少有1/5或更多的土地上种着罂粟，这是唯一的，能承受高昂运输费用的作物，它能被出口到稍远些的地方。

夏日，洱海边一块块的稻田连绵几十公里。离湖越远的地方，地势上升，水位下降，那些地方被辟成梯田，它们便由苍山顶的融雪形成的小溪来进行灌溉。此外，还种有洋芋、玉米、四季豆和靛蓝（板蓝根，这种作物的种植也很普遍）。任何季节，当地都种有各种蔬菜。

跟中国各地的农村一样，家猪是少不了的，还有家禽和淡水鱼。当地个头大的牛体重能达到1500斤，此外还有山羊和绵羊。法国产的所有水果当地都有出产，甚至有一些很优质的葡萄。在同一个地方，这

---

①Grenade：西班牙安达卢西亚省的格拉纳达地区。

②Alhambra：中文叫阿兰布拉宫或叫红宫，原为摩尔人修建的城堡，后在13世纪由格拉纳达的第一代统治者奈斯尔（Narsid）王朝的穆罕默德一世将它改造成为清真寺、城堡、宫殿合一的建筑群。现为世界文化遗产。

③Sierra Nevada：此处指的是西班牙安达卢西亚省西南部的一条山脉，Nevada在西班牙语中指的是雪山的意思，Sierra本意是锯子的意思，引申意为山脉。美国及墨西哥多地有叫Nevada的山脉，那是当年西班牙人殖民时期的名称遗留。

么多充足的资源汇集在一处，真的是罕见。

然而，即便是这样，当地居民还是穷的，极其贫穷。这让那些走马观花的观察者会轻易得出一个结论：这是块贫瘠的土地。

我估计大理坝子的人口在35万人左右。这里对于搞各种实验创新来说是多么合适的一个地方啊！把它纳入我们的势力范围也是十分令人期待的！

我们考虑将考察旅行往更靠北的地方推进，去往湄公河更上游的河谷地带。命运好像在召唤我们这么做。

更确切地说，是去考察回答保宁（Bonin）[①]先生在旅行后提出的一个地理问题，他是第一个注意到此问题的人。金沙江在流到丽江府北边的时候，有一个很大的拐弯。它碰到了一座海拔5000米的高山，后者阻挡了它的正常流向，使它不得不以约1度角的方向改道折而向北。保宁说道，伦敦的地理学者对此有所争议，他们想对这个结论进行确认或反驳。

这个地区从未被考察过，对它的认知，哪怕是大概情况都从来没人做过。这是一块欧洲人从未踏足过的处女地。

考察计划已被确定，这多亏了罗神父，是他让准备工作迅速地行动起来。为了说服反对考察的当地官员，我们令人尊敬的罗神父厥功至伟。当地官员怕担责，所以犹豫着是否让我们去那些连他们都不知道的地方冒险。在我看来，还有驻滇总领事的态度也让这个问题变得更复杂。为了克服这所有的阻碍，罗神父出的力可谓起到了决定性的作用。他先是让官员们放下了心，然后是安抚了我们的人，令他们不再惊骇于将要到来的冒险。

我们的随从们一路从东京和缅甸跟过来，非常忠心。但相比他们熟知的热带地区，当听到要去未知的雪域之地时，他们退缩了。这是他

[①]Charles-Eudes-Bonin（1865—1929），中文名叫保宁或博宁，时任法国驻中国外交人员，探险家，曾多次考察中国西部如川西峨眉山及甘孜州藏族聚居区及滇西北等地区，1911年出版有 *Le royaumes des neiges* 等书。

们的能力范围之外的地方。中国人的夸张和歪曲也助长了这种恐惧。人们向他们描述了怪诞凶险的恶龙还有虎豹都在等着吃他们，还有幽暗的森林，无桥的险流，陡峻的高山，倾盆的大雨。按照中国人怯懦的想象，那些地方就像个地狱般阴森恐怖。尤其是衙门①里的那些人，在头一天的闲聊中，以一种出于好意的方式，向他们讲了上述的种种。

虽然有这些阻碍，但到了约定的时间，一切还是都准备好了。在我们启程的那一刻，敬爱的罗神父还是颇为伤感，在我们离去前，他给我们做了祈祷和祝福。他预计到此行考察会有不少艰险，但考虑到这次考察将带来的所有益处，他还是很决然地建议我们前行。

我们的小马帮准备停当，套了鞍的马儿们在门口等着我们。出发之前我们去参加了当地教会小教堂的弥撒，敬爱的老神父祝福和保佑我们，就像将他灵魂的一部分也分给了我们一样。

他的这种惜别之情一直伴随我们到最后的告别时刻。然而，前方的道路已向我们展开，它在召唤我们，天气也明媚灿烂，什么意外都没有发生，一切如预料的那样顺利和有条理。那么，开路吧！

大理到丽江府的道路没有什么困难，路上会接连穿过一个又一个的小坝子，它们海拔差不多高。只在这段旅途的最后一日，即第六日，我们才必须要翻过一座陡山到达丽江坝子。

离开大理府的首站路是到上关。上关在洱海和大理坝子的北部，位置跟南部的下关差不多。

但这个地方没有什么商业和手工业，大理坝子在此处收窄，因此

---

① 本书作者译注：衙门是官员们的公共办公场所。就是在那里，可以看到一些没有差事的浪荡文人，这些人不放过任何谋得一官半职的机会，一辈子就在钩心斗角和游手好闲中度过。他们同时也时刻窥视着用各种或明或暗的手段去赚取那几个铜板。当地的官衙通常占地广阔，分好几进院子，内里亭、台、楼、榭众多。那些衙吏便住在其中。房子多少有些肮脏，很多人便把它当作住所，也不知靠什么生存，有点像流浪狗一样，夜晚来临时，随便找个地方就睡下，甚至有时那些戴着枷锁的囚犯就躺在侧边。正是这些常光顾衙门的人，让风言风语四起，他们编织各种阴谋，策划各种坏事。

农业受到地域所限，无法供大量的种植者在此处生存。如今的上关已是一个可怜的废墟之镇，那些坍塌的城墙和工事，强烈地诉说着它往昔的辉煌和强盛。但现在已被抛弃，已荡然无存，没有哨楼，甚至连哨兵也没有，四处疯长的草木和仙人掌更增添了它的破败。像在大理府一样，这里的废墟上长满粉色的欧石南，在这个春季，它们给这些断垣残壁平添了一丝喜悦之色和节日的气息。

第二天，我们穿过了筑有防御工事的卫城邓川州，然后到了右所，右所那有一个小湖，湖水被石筑的堤堰拦起。接下来的长达12公里的道路便是在这漂亮的堤堰上展开的。这条堤堰将坝子一分为二，它将一半的坝子从可能的洪水区中保护了起来。

接下来进入了一条隧道，隧道内一条小溪从中流出，前面修的堤坝堰就是为了防止雨季时这条溪水的漫出。小路沿着溪水一直到隧道的出口处，出口处紧连着颇大的浪穹（洱源）坝子，它的海拔比刚刚离开的隧道内的海拔高不了几米。

第三站路是穿过浪穹坝到 Kon-Hi-Cha[①]（观音山）。此地的土地非常紧实，种植者们须用锄头深翻土以便辟出水稻田。他们用压实的土块筑起一些真正的土墙，目的是给土壤透气和晒土，在这些临时筑起的土墙之中，他们用树枝点火来烧那些害虫，同时也是为了获得草木灰中的钾元素来改良土壤。烧熟的土壤可将钾元素释放出来。这种完美的"烧土肥田法"，法国的农民们也采用过。这也让我想起马达加斯加的一些高原上的水稻田，用的也是类似的种植方式。

观音山曾经是吐蕃和南诏的分界线，一些石灰岩山体构成了两地准确的界线。对汉族人来说，再往前行便是暴露在那些守护山巅的毒龙恶鬼的威胁之下。不过说真的，气候从此地便开始明显地变化了。我们踏入了霜雪之域，这里高山众多，其中一些海拔超过4500米的高山山顶有永久的积雪。此地空气明显更为寒凉。

---

① Kon-Hi-Cha：发音记述的讹误，或是当地方言发音的差异。此处实际应为观音山，清末曾在此设铺，位置在现在洱源牛街乡以北10多公里处。

在这些石灰岩山体的一座石崖上，我数了一下有19处旨在宣扬文成武德的石刻。这些原始石刻已被錾子刮烂，刻文被改成了对本朝帝王的赞美之词。

在这里，考古发掘甚为不易，按他们的习俗，王朝更替总要将之前的一些墓穴夷为平地。就像此处，最新的一任统治者的傲慢表现就在我们眼前，就连这些能提供一些极为宝贵和有意思的历史信息的石刻也不想留给我们。

第四站路，我们到了小城剑川州，知县殷勤地接待了我们。知县本人已被当地几无汉族人风貌的民众所淹没，贬谪之感尤盛。当地民众并不温顺，此外，远离文教先进的省城更是让他倍感凄凉。

这个可怜的小城，最主要的手工业是细木工业和木雕行业，周边的林地出产大量的雪松和冷杉。尽管工艺条件粗糙简陋，几百位手艺人却也心灵手巧。他们制作木箱、衣橱、木雕门，这些物件靠人力背运到大理府出售，那儿有一个专门出售这些木件的很大的市场。

从云南藏族聚居区广阔的森林中也运下来制作棺材的木料，这在当地是一项重要生意，它在剑川州的税赋中占重要地位。

很难再找到另一个县城比此地更脏乱和破败的了。离城3公里开外，有一个小湖，在这个季节，湖中野味众多。坝子中种有不少罂粟，看来它很受欢迎，但跟浪穹坝子相比，此地的种植面积小了很多。后者是云南省的几个鸦片出产中心之一。

第五站的所到之处几乎是"雉鸡之乡"，难道是春季的缘故，让那些冒失的公雉鸡钻出来啄食我们经过的路边的嫩草芽？很可能是这个原因。但野物多是好事呀，没什么值得抱怨的，我们的猎袋都装满了。我对当地顺路做了一些地理考察，在这途中我们也打到了野山羊和一些锦鸡，后者的羽毛非常漂亮，但肉质却比较柴。

第六站和最后一站相对来说是最难走的。我们清早从小村子Kouang-Chang（关上）出发。昨晚我们借宿在该村一户老实的农户家里，他家的木棚是全新的，土墙也是新夯的，最起码，没有虫子。

要到丽江的话，我们得先翻过一座海拔2950米高的垭口，然后下到第一个平坝，它的位置跟丽江城几乎相对着，中间隔着几座小山岗。但跟我们走过的从八莫到大理的路况相比，这些路简直是小菜一碟。此外，我们选的路是一条近道。雨季的话，人们走的是另外一条路，后者要进入一个湖坝，而不用翻这个垭口。

爬山的路上我们碰到几个纳西族支系摩梭人，他们从石鼓过来，带了一些新鲜的桂皮。然而，此时的我们身处大片的栎树林中，路边还有不少榛子树。巨大的植物反差表明了气候的截然不同，而且是在如此近的距离之内。这都是海拔高度造成的。在山脚下的石鼓是热带植被，而在此处，植被却跟法国是一样的。在这么近的距离，彼此之间的差异是多么大啊，这是多么丰富的自然物产种类啊！

在这阳春三月，山脊线上还覆盖着白雪，我们迅速往下走，到了拉市坝，映入眼帘的是一幅壮美的景色：北边，丽江的山峰和石鼓的山峰覆盖着永久的积雪，雪层在阳光下闪闪发光；我们脚下是成片的森林、平坝和在阳光下波光粼粼的湖面。而所有的这一切，又被纯净绚丽的深蓝色的天空所笼罩着。

我们在的这个海拔高度，一年只出产一季作物——荞麦。此处的土壤也紧实，种植者们也采取"烧土肥田法"（跟法国用的方法是一模一样的）：他们用铁锹把草皮铲起来，然后再翻过来铺在草地上晾晒放置，这样当下面的草干了后就可以点火烧土块了。

沿湖前行，翻过几座山岗，我们就到了漂亮的丽江坝子了。这个坝子，可以看到从山上流下的小溪纵横交错，清澈的溪水在几百上千条灌溉渠内流淌。丽江坝子海拔约为2600米，是中性偏凉的气候。此处所有的自然植被和作物的生长都比我们刚经过的下面的坝子里晚了足足一个月。丽江城建在一座小山丘上，外表看来，丽江城房屋老旧，街道路面破损，院子内灌木杂草丛生，比较穷陋。一条大溪穿城而过，同时也带走城中污物。城内居民几乎清一色是纳西族。

13世纪末，当忽必烈以征服者的姿态横扫亚洲到达此地时，它还是一座大城。可以设想，他的人马是从四川翻山越岭直接杀到此地的。他的两个将领率部一走北线，从打箭炉、理塘、巴塘经阿墩子顺路而下直到大理；另一路军走南线，经过会理州（今会理市）和永北厅到达此地。我如果没弄错的话，忽必烈进入丽江城曾走的路线正是接下来我要以相反的方向走的。这条路即便是现在，从打箭炉方向过来的藏族马帮还在走。但我估计，古代走这条路的人马会更多。

  元军到丽江时，纳西族人表示臣服，其头人成为当地一个自治的小土司。丽江这个小王国十分吸引人去重新挖掘它的历史。多个世纪来，它历经兴衰，在扩张和失地中轮回，跟想吞并它的近邻们战争不断，经历了多次的繁荣和衰败。

  在丽江土司府曾经的位置上，孤零零地矗立着一座大理石雕刻的牌坊。支撑牌坊的石柱是两只雕刻成鱼尾龙身的石兽，工艺十分精湛。牌坊历史可上溯至8世纪。在唐朝[①]时，由丽江头人木天王所建。这是处非常精美的古迹，布局合理，细节刻画很逼真，艺术性很高，它反映了该地区石雕匠人的灵巧程度以及建造师们高度发达的文化水平。

  与这个国度矗立着的近代所修的工艺粗糙的贞节牌坊相比，此牌坊的艺术水准远超其上。后者的艺术表现太过于繁缛冗余，不够简洁诚恳。但为了弘扬贞妇的节烈，他们所追求的就是这种效果。这种贞节牌坊在云南跟在整个中国一样，到处都有。

  我们一行到丽江引起了轰动，知府派了随从来迎接我们。一行人穿过人头攒动的街道，虽然我们没有成为人群游行抗议的目标，但通过他们脸上冷峻的表情和投过来的仇视的目光，我们能感觉到，当地人是不喜欢外国人的。

  我们下榻在一家旅客已经爆满的客栈，客栈的院内坐满了正在吃饭的客人，人人手拿着碗筷。一大群驮着箱物的骡马，我们的随从们，还有后面跟着的一大帮好奇之人一起进入了院子。我们的到来马上让客栈陷入一片混乱；骡马和箱物行李混在一起让人们进退两难；院子里排

[①] 此处联系下文的木天王，应该是明朝，而非唐朝。

满一堆看热闹的人，妇人们在边上叽里呱啦，聒噪不已；狗子们在狂吠。空间是如此狭小，以至于我们都不知道该如何下马。

到达丽江

店家把最好的客房给了我们。房内倒是没有霉味和鸦片的臭味，但是，一如既往地，房内既不通风，光线也差。但我们须赶在人群的好奇心变成骚动之前尽快入住，所以还是选择住在这破地方了。才进到房间，说时迟，那时快，房间窗户上的纸就被几根"知趣"的手指捅了几个窟窿，十几只眼睛通过它们往房内窥探。我们假装没看到他们，忙着安顿自己。我们也没点晚饭，胡乱吃了几口干粮，然后就把所有灯都熄灭了。好事者看没什么热闹了，慢慢也就散去了。在一片黑暗中，我们和衣而卧，随时保持警惕。

◇ 客栈里的晚餐时间

事情说来就来，才睡下没多久，一阵骚动声就传了过来，我们被吵得一跃而起，跑出去看发生了什么事。院子里站满了人，有人打着灯笼，也有不少兵丁，妇人们开始叽叽喳喳，狗子也再次叫开了，发生了什么事？

跟中国人打交道，永远不乏滑稽之事：这次是当地知府邀我们去与他共进晚餐，以表他的诚意，在这晚上 10 点 30 分的时候。

通译来打圆场，告知我们已经睡下。他极尽各种场面上的恭维和客套来打发他们，而我们则回房休息去了。

然而，大量的虫子骚扰得我们根本睡不着，我们的仆人们还没有睡下，因为客栈里的鸦片鬼们夜以当日，搅得其他人也睡眠甚少。不如我们就趁机另寻他处投宿吧？

于是，深夜中，我们手里提着灯笼，想着随便找个清静之处，茅棚、马厩也无所谓，只要没有那些可怕的虫子即可。最终我们找到了一个小楼，它非常洁净，是用来存放中药材的仓库。我们说服了人们当场就把它清理出来，然后打着火把连夜搬来此处。

到底还是安顿好了。我们总算能好好休息一下了，哪怕只是几个小时。

天一亮，另一场戏又开锣了！我这"神医"的名声不知怎么就传出去了，来问诊的人把我们围了起来。我使尽浑身解数，又是施医又是给药。相比中医而言，我那杀菌的包扎确实效果更为显著。但没有料到的是，人们拉过来一个聋哑人来求医治，这该怎么办？我只能拒绝，这让我的信誉打了折扣！但又怎么能跟这些既无知又带有野性的人们说理呢？

我宣布今日的诊治结束，然后我出门走了走。城里的小广场上正在赶集，人群十分拥挤。对赶时间的人来说，通过这里实在艰难。人们来集上买盐巴、五金器皿、布料等。周边的藏族人带来他们山上出产的各种药材、各种草根和树根、植物球茎、虫子、菌类等。汉族人很喜欢这些药材，为此出价不菲。那些形状奇特，或数量稀少抑或不易搞到的

药材说明了它们有尚待证明的更大的功用和药效，这让它们的价格更为高昂。但不管是什么，这些药材的买卖是一宗很大的贸易，很多商人从大理府、省城昆明甚至广州来丽江收购药材。

市场上能看到很多年轻的纳西族姑娘。她们戴着类似黑绸做的无边软帽，帽顶上缀着一个红绒球。这个跟中国到处可见的男人们戴的瓜皮帽顶上是一样的。但她们的绒球上围着两条分开的金色饰带，状如花冠，她们的绒球也比通常的更大。这些小东西让她们的帽子更显个性。

除了丽江城，我们也去了周边未知的一些地方走了走。知府派了两个兵丁护卫。他们假装识路，但他们手上的家伙什是鸦片枪。我可以肯定，像之前一样，他们在路上大概会走在我们后面，而不是前面。我们的队伍新添了个年轻的汉族人，他能听懂藏族方言。我们准备了8天的补给，包括米和蚕豆，分别给人吃和给牲畜吃，还有给所有人准备了毡子。再一次上路了！

这次小考察，旅途上也不得不翻高山越深谷，此处我就不详细描述了。但，我第一时间想说的是法国探险家保宁此前说的是有道理的。他的向导向他指出的那条在丽江府以北的距离的大河，确确实实是长江上游。

我们从南向北，穿越了这个奇特的拐弯，它长约75公里，宽不到长的1/3。巨大的山体逼得河流做了个长长的改道，迫使它在狭窄的高山和深切的峡谷中挤出一条通道来。

从丽江城内往外看，视线与西北方向上的第一道山脉的长度方向平行，它由高往低下行，这给了我们一种它只有孤峰的错觉。然后再根据中国的舆图，人们以为"大河"只是简单地绕此峰而过。实际上完全不是这样：大河将这座高傲的山峰一劈为二，水道在西壁近乎垂直的峡谷中滑行，峭壁从山峰顶顺势到山脚有3500米的高差，石灰岩质的峡壁解释了水流先是侵蚀作用，然后挤出一条地下通道，接着是这些地下水道网的开裂和崩塌。

但是，水流穿过这第一重的阻碍之后，第二重更大的障碍又矗立在前方：一座体量更巨大，也更坚实的山体拦住了水流的攻击。这条山脉逼迫长江在它巨大的体量前拐了个大弯，我给此山脉最险要的山峰以法国探险家的名字来命名——邦瓦洛。我是第一个考察这块混乱和蛮荒之地的人，因此，也是首个草绘此地地图之人。这些山都没有当地的名字，当地是如此的荒芜和人烟稀少，根本就没人给这些山峰命名。

绕过这些阻碍以后，河流终于找到一条狭窄的山谷，沿着它，找回了它正常的流向——往东南方向而去。

这条在长江上游被雕刻的地峡的北部终点是奉科。此处河段的名字叫金沙江。为了建立这样一个假设："在这个拐弯形成之前，河流还没有我现在所看到的河道。在那个时代，河道是在丽江雪山山脉的地下，也是在那个时代，当地土人的记忆只能通过口耳相传，河流的出口应该是在邦瓦洛山的南边，也有可能是在大具这个台地上。而更大的可能性是在白水河的河道上。今日，白水河只是由雪融水形成的一道小溪。"

在公元前2500年，中国的一本典籍中有该地区的描述，其中提到的黑水，很可能就是扬子江上游的古河道，它与湄公河盆地是相连的，因为丽江雪山的阻挡而潴水形成了一个湖，湖水因大暴雨而上涨溢出，通过一连串的湖盆小坝子，溢出的湖水找到了泄洪口，水流下行到大理府的洱海之中，而后者再下泄至湄公河。抑或者，洱海中不断蓄积上涨的湖水通过众多的落水洞找到了一条连通漾濞河的地下通道，后者正是湄公河的支流。这种推理有待验证。总而言之，当前，长江上游的水流在远古是流向湄公河的。这也解释了为什么柬埔寨的一些大型湖泊在短时间内淤积，下交趾也是如此形成的。从柬埔寨典籍中翻译过来的资料展示了在短短的几个世纪内，这些地区的洪积扇堆积就形成了。这些现象一直以来都是很让人惊讶的。

如我们今天所看到的一切，光靠湄公河带来的洪积量是不足以解释这个地理现象的。相反，如果在史前的某个时代，长江上游的水流以上述的方式汇入湄公河的话，就可以很好地解释这个现象了。

从丽江到奉科的路上，林木非常茂盛。马尾松、雪松、栎树和白杨林层层叠叠地按海拔高度的不同而分布。我们一路上常选择在巨松下面扎营——这些树的枝叶上挂着轻盈的树胡子，宛如节日里精心装点的彩带。木本植物从海拔 3700 米处一直分布到 4000 米的地方。过了 4000 米，能看到的就只有石灰岩和一些通常是白色的大理石了，再往上就是永久性积雪。在一些朝北的凹陷处，还能看到一些残存的冰盖。

丽江的伐木工会来此地砍伐树木，他们砍得最多的是那些树干直径超过一米的雪松。这些木料是拿来做棺材大板的。这种尺寸的大板，价格不菲。

当地人告诉我，以前人们将这种做大板的木料扎成木排，然后推到金沙江中，它们会顺流漂到叙府和重庆。但这种做法现在已经被停用了。

该地的各种矿产也十分丰富：有天然铜、含金银的铅矿。铜矿的开采是在丽江府以北一日路程的地方。再远些，是一些纳西族支系摩梭人开采含银的方铅矿。最后，是在奉科，有一些淘金工人。这些当地人淘洗的是含金的冲积层。在当地，这些冲积层十分丰厚，金沙江枯水季节时，从上面往下算，这些冲积层的厚度能达到 40 米。尽管淘金工人没什么专业知识，但凭着本能，他们也经常能淘到不小的天然金块。靠着这项收入，奉科这个小地方的人们生活还算富足。

考察途中，我们会住在随身带来的双层帐篷内，感觉非常舒适，跟那些脏兮兮的客栈相比，住在帐篷内感觉就像在宫殿里一般。但此行所经之地，大多气候冷酷。为了我的随从能好好休息和节省体力，时不时地，我们得迁就他们，接受他们的美意而住到那些藏式的棚屋之中——然而，我不知道该如何来形容那些木头棚屋，外表看来，它们像俄国农民的枞木屋，但里面有一股熏人的臭气。

幸运的是，这些乌烟瘴气臭烘烘的棚子却总有一个用来避雨的屋檐。于是我们就常将自己安置在这前挑的屋檐下，虽然跟露天差不多，但帐篷扎在这个位置既可避风也可保暖。

这个地区相当荒凉。隔20—30公里，我们才好不容易碰到几个当地的小村子——村子也是由脏不拉叽的茅屋所组成的。这里不缺自然资源，但实在是太偏远了，这些资源能卖给谁呢？被伐过木以后的土地是非常肥沃的。它们上面种有小麦、玉米、荞麦和大麻，在房舍的周围种有青菜、豌豆、蚕豆、扁豆、蔓菁和白菜等。

森林给当地人提供了大量的薪柴和盖房子的木料，当地人也通过设陷阱和用弓弩在林中捕猎野物，金沙江中可以捕鱼，绵羊和山羊群提供肉和冬季御寒用的衣物，最后，像中国其他地方一样，猪丰富了他们的食物来源。

物质生活得到保障之后，他们就能出口一些金子和麝香及一些野生动物的毛皮以换取生活中必需的盐巴、铁器和服饰。

总之，他们是些良善的山里人，性格温和好客，体型高大健美。眼睛很大，嘴唇厚实，鼻型相当漂亮，常年的风吹日晒让他们的脸庞呈褐色，而身上的皮肤偏白色而非黄色。

女人们的体型也很健硕、结实，她们性格俏皮，热情，任劳任怨。她们穿着粗麻布制成的带下垂小褶皱的裙子。根据她们的家境，裙子长度到脚踝处或齐膝（女人裙子的长度代表了她们家中财富的多寡）。不管天气多冷，小腿经常裸露在外，上身着汉式的对襟小外褂，长度及髋，这个就充当她们的短上衣。头上包着蓝色或黑色的厚厚的头巾，远远看着，就像欧洲女人们戴的帽子。服饰虽然简陋，但她们外形优雅，站立时身体笔直，走路时昂首挺胸，充满自豪之感。

在丽江

丽江的妇女喜好首饰，衣服上饰有简单镂刻的银扣子，手上戴有镶绿松石的戒指，脖子上挂有用银珠或珊瑚粒缀成的项链（珊瑚在藏族聚居区很受欢迎）。尤其特别的是她们戴着用实心银子做成的硕大的耳环。这是种很大的、连接处带尾缀的环形物，很沉，做工精细。如果不注意的话，这种耳环势必会撕拽她们的耳垂。因此，她们在头上绑了一根细绳用来吊着这个巨大的首饰以便分担它的重量。

纳西族支系摩梭人、傈僳族人等通用的文字相当让人好奇，这是一种表意文字，通过一些或多或少带解释性的图案来表示一种物体或事件，通过一些手势图案来表达某种动作。① 每户家庭都

◇ 丽江当地妇女

---

① 此处应指的是纳西族的象形文字，也即东巴文。考虑到作者所处时代的认知，东巴文并非纳西族和傈僳族通用的。但作者此次考察队对东巴文的注意启示了后来对此的研究，包括法国当时著名的汉学家如雅克·巴科及沙琬等，更为后来的西方相关研究学者如洛克等开了先河。

有一本手稿，上面有头人所抄写的一些本族的主要事件和一些可歌可泣的关于诞生和死亡的故事。这种手稿由多纤维材质制成的纸张所做成，质地很牢靠。手稿上的图案常上以蓝、绿、红等颜色。

这些族群不信佛教，也不信其他任何宗教，他们有自己的巫师和卜师，信一些咒术和咒语，极为迷信。

我们在的时候适逢当地一老妪去世，我们参加并见证了一些野性十足的仪式：为了阻止逝者的魂魄被那些恶鬼抓走和避免族群遭受其他鬼怪的骚扰，他们要足足狂唱和狂跳两个夜晚。仪式中人们发出狂叫，挥舞着火把，在屋内到处做斧劈枪刺模仿战斗的动作，就是最角落的地方也不放过，宛如同不可见的鬼怪做搏斗；一边嘴上发出不带名字的怒骂，伴着振聋发聩的锣鼓声、笛声和哨子的声音；之后就是大家开始狂饮酒，你来我往直到大家都醉得一塌糊涂。

而巫师则身戴符咒，头上插有一米多长的锦鸡羽毛，脸上乱

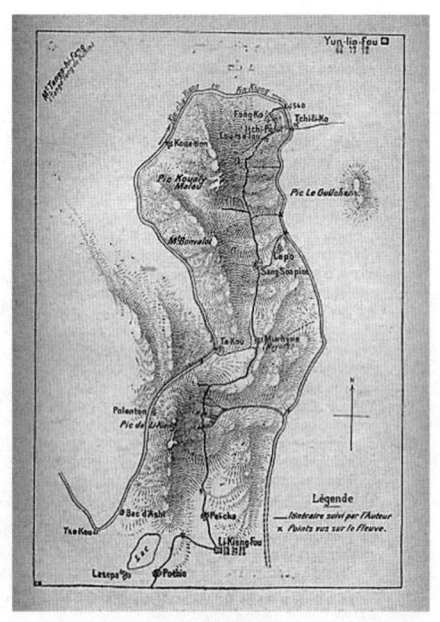

◇ 作者绘制的丽江玉龙雪山背后的路线图

七八糟地涂着烟炱和动物的鲜血，手舞足蹈状如鬼魂上身。他这么做想是为了从他那些狂热的信徒们手上搞到点钱财吧？他越是比其他人狂醉，话语就越多，很有可能，酒醉是获取通灵的一种方式。

我们在鸣音待了两天，这是丽江府和奉科之间唯一的大村子。雪一直在下，道路无法通行。我利用这个机会买了一头猪请我的随从大吃了一顿。他们各种烹煮，整整一天不停地在吃。

欢声笑语洋溢在我们这群人当中，这些人值得我信任，他们很忠诚。他们有时也会去挑逗当地年轻的藏族姑娘，况且后者一点也不怯生。藏族姑娘是如此大方和主动，以至于我们到达村子的那天，一位丰满的年轻姑娘，以为我和古尔德孟夫人都是男的，她毫无保留地向我们示爱，这让我们忍俊不禁。通译向她解释了情况之后，她也不卑不亢，带着她优雅的风情后退了。

实际上这些女子一点也不让人反感，她们健美、自然，给人的印象就像是漂亮的小野兽。

从鸣音村望出去的西南方向，是丽江雪山高耸的山脉，它们似乎将金沙江拦腰切断后穿了过去。我们现在所处的位置是在一个高海拔地区，俯视着整个大具台地，然后视线又向很远的地方延伸。附近的山脊上覆盖着森林，衬着由雪峰和山岩构成的朦胧远方，分别形成了镜头中的近景和中景。天空中密布大朵乌云，伴着日落，景色十分壮丽。这也是一个让我们难以忘怀的场景。

法国夫妇滇游纪行（1902~1903）

在滇西

连续几个星期，我们都在这覆盖着壮美森林的漂亮山地里骑行。每天早晨天一亮就安排我们的旅程：卷起冻得僵硬的帐篷，吃饭，给驮畜装行李，然后出发。到达高海拔的时候会让人冷得受不了。有时雪下得太大，我们的骡马不习惯在寒冷的气候和薄冰上行走，它们常在冰冻的路面上打滑，然后带着忧惧的神色嗅着地面。但我们实在是太冷了，行路虽然时刻有摔骨折的危险，但我们也管不了这么多了。我们一言不发地前行，时不时从嘴里蹦出一个字来打破这沉闷的寂静和冰封的孤独。

此刻，我全神贯注于一项工作，那就是在平板仪上绘制我们的路线。我冻得发僵的手上总是拿着些工具：指南针、计时器、铅笔和本子。观察比什么都重要，我让马儿自己前行，除非路上碰到一些特别的障碍，我才会停下观察去照看一下马儿。古尔德孟夫人跟着我，在一些小细节上她帮了我大忙，她的主要工作是记录我每次观察的时间、距离和海拔。

经常会有一些粗大的倒下来的树木或从山顶滚下来的巨石横在前行的路上挡住我们的去路。看着我们的坐骑和驮着重物的骡子奋力越过这些障碍时，不由让人心生怜悯。头骡通常是最勇敢的，它晃着头上用红绒做的翎饰，摇着清脆的小铃铛，第一个通过障碍后，其他骡马会顺从地跟随它。

在这遥远的未知地域，每天的生活便是如此。其中有一个消遣是在夜晚来临时在帐篷前燃起熊熊篝火。有时，我们的人会直接从一棵满布松脂的树的根部直接点起火来，树干在高温下逐渐燃烧起来然后形成一个巨型火把。它肆意飞卷的火焰让我们无法直视。这种时刻，我们的思绪开始翻飞，会想起一些遥远的和珍贵的人和事来。得为回程做些规划了。也只有在这种时刻，我们才可以沉醉于这些思绪之中，因为在类似的旅行中，几乎每天都陷于那些新鲜的事物当中且时刻都有一些担忧，旅行中最微小的差错都可能造成严重的后果，并可能造成安全事故。

还有就是，我们从那么远的地方赶来，虽说并不是不可能再次回来，但也应该更好地利用这宝贵的时间最大限度地做出一些有用的、能引起人们兴趣的观察。

◇　作者夫妇在丽江海拔 3400 米的山上扎营

路上有时会碰到从北边来的藏族人，他们要去丽江，然后去大理。每年 4 月，大理都会举办一个很大的街子。这些藏族人中部分来自打箭炉，到这里已经走了 45—50 天了，而到达大理还要再走 15—16 天。他们要去大理出售自己的商品。再之后，便是再次赶路，忍受这漫长的归家之途。我们看到他们围坐在篝火边，一边喝茶一边吃糌粑。他们的酥油总带有一股怪味，没啥特色。但他们的面是用玉米粉轻微炒制而成的（译者注：实际是用青稞粉炒制而成），带有浓郁的榛子香味。每次我们都吃得大呼过瘾。

这些藏族人没有帐篷，他们通常是点起一堆篝火，蜷缩在厚羊毛氆氇里面，睡在露天中。睡前他们会喝点热茶。跟他们沟通需要两个通译协力——第一个听得懂法语，他把我的意思传达给第二个人，第二个人会讲藏话，可以跟这些藏族人交流。我获得了一些关于他们的旅途和买卖的很有意思的信息，藏族人尽管也像汉族人一样留着辫子，但他们将辫子盘在头上，跟他们红色或棕色羊绒做的头布编结在一起，辫子会穿过实心的银质大环，上面镶嵌有藏族纹饰的粗大绿松石。这种粗犷的装饰看着也颇为好看。

我们的地理考察已接近尾声，目前摆在我们面前的有两个任务可供选择：往北去阿墩子（德钦）和巴塘，继续云南藏族聚居区的考察研究；或者是折回大理府，参加一年一度的商品交易会（三月街）。最终，我们选择的是后者。继续往北的话人烟越来越稀少，且分散在极广阔的地域，它们所提供的值得考察的元素并不多。而大理三月街则恰恰相反，在同一个地点，来自相邻省份的人们汇集于此，或做商品交易或购置所需，对考察极为有利。可惜的是，为了能及时赶上三月街，我们已不能在此地再逗留耽搁了。如果我们想考察三月街和出席国外参观者的欢迎会，就必须即刻回程。

我们照计划做了。3月31日，再一次，我们踏入了好友罗尼设神父的家门。看到我们安然归来，老神父极为欣喜。我们向他讲述了一路的经历及我们的考察结果，他对此大为赞赏。

我们的平安归来是件大喜事。为此，善良的老神父等到第二天才把有关我们的一些坏消息告诉我们。我们不在大理期间，驻滇总领事又有动作了。

早些时候，在我们从缅甸边境再次进入云南时，我花费心思非常谦恭地写信通知了他我们的再次到来，毕竟云南还在他的管辖范围之内。然而，我一没收到回信，二也没收到通知应该怎么做。作为最主要的当事人，我再一次写信，这次是给云贵总督大人，告知关于驻滇法国政府对我的突然出现的不满和他们请求当局将我驱逐出境这件事上我没收到任何回应。

然而，大理府的官员们仅收到这封信的一个简单通谕且通谕内没有总督的任何特别指示。毫无疑问，后者根本就不想插手此事，他们任我自由地待在云南，想待多久就待多久，也可以去云南任何我想去的地方。这就是我如何变成他们眼中的可疑分子的经过。

罗神父非常生气："这是一种失职。"他表情凝重地说道，"如果你跟一些心怀不轨的官员有过接触，那你在返程途中第一时间就可能会被无情地暗杀掉。对此，难道方苏雅先生可以坐视不理吗？此地离省城有13天的距离，如果像他这样做的话，就是让你暴露在死亡的威胁之中。"

上面我忠实地复述了神父的原话。他是一个至少知道一点中国和中国人的看法的人，尤其是他了解这个地方，因为他生命中的54年是在此地度过的。

十分幸运的是，大理府的官员们都很好心，他们要的是相安无事，也不想费劲掺和进这些外国番人之间的纠纷中。与此相反，为了表达他们善意的中立立场，他们对我加倍关心和爱护，慷慨地对我做出正面评价，甚至热心地对我给出一些溢美之词，这些书面性的东西和众多能证明我跟云南省一众知府知县具有良好关系的往来信函被我保存了起来。

三月街的开幕一直等到4月16日，我们参加了节前的准备工作。这个传统的盛会吸引了众多来自五湖四海的人们。我们一如既往地是老神父的贵宾，他又一次帮了我们大忙。他竭尽全力地周旋于我们和当地官员之间，以便我们能处理好关系并且也解决了不少因为我们所带来的一些难题。为此，他甚至连续参加一些晚上的宴请，这些宴请是当地知府和知县以我们的名义举办的，如往常一样，晚宴接二连三、没完没

了，对他这一把年纪的人来说，是一种真正的负累。

以前，来自亚洲各遥远地方的人们每年都来大理参加三月街。他们从缅甸、东京和中国南方带来他们本地的物产，然后与来自西藏、中原和蒙古的人们进行商品交易。一年到头都能看到商队在这条漫漫的长路上往返。今天，这种交易已被海上运输所代替了，我们只能通过尚存的大型交易会的残留来想象一个流传千年的传统集市的盛况。

藏族人带到大理的有中药材、羊羔皮、大黄以及几百匹马和牛。总之，这跟以前通过阿墩子带来的货物量相比简直不值一提。现在与此相反，他们会通过理塘和巴塘把货物带到打箭炉去交易。这条路虽然更遥远和艰辛，但至少那边的市场更为繁荣和兴盛。

回程的时候，藏族人会从四川买回不少茶叶，茶叶的消耗量很大。云南也出产茶叶，再晚点，我们的安南和东京也同样可以提供茶叶出口。

当地百姓从周边的农村蜂拥来到大理。他们带来木雕家具、棉布、粗劣的五金器具和其他加工过的金属制品（如茶壶、锅、香炉等）、毛毡、藤器；但更多的是各类粮食谷物、蔬菜等，还有各种各样的吃食。在整整两天的街子天中，到处都是美食，临时搭建的餐馆一条街也是其中热闹的地方之一。城里人和乡下人混聚一块，说说笑笑，大吃大嚼，痛饮米酒和白酒。

各种瓷器商、珠宝玉石商、出售半土半洋小商品的广东人、服饰鞋帽皮革商、卖白铁制的水烟筒和鸦片枪及各种形制的烟枪的商贩应有尽有，每种买卖都占据一块地方。

整个坡地都被街子占据，此地是传统的位置，在苍山脚下大理府城西北2公里的地方，居高临下。在这宽广的大理坝子之中，在这漂亮的山水背景之下，有明媚的阳光做伴；万千着蓝布裙、戴锥形帽的人如蚂蚁般聚集在一起，攒动翻涌，真是一幅让人叹为观止的画面。要是在以前，这个街子应该更为美妙和壮观。即便我们今日所看到的是衰退期的状况，也足以让我们大为惊叹。这些人来自不同的地方，有些甚至是来自相当遥远的地方。这些穿着五花八门的服饰的嘈杂人群给了我们一种印象，那就是人类可以无限多彩和多样。这里真是一座巴别塔，充斥着各种方言、土话，各种不同的语言相互混杂、交融。不同地方的人群表情自然又自得，自我保护又互相融合扶持。

在这种从未碰到过的场合，我为自己着汉服的自如和随意再次感到欣慰。我可以想象得到，如果我穿着欧洲服饰在这街子中游逛的话将会发生什么事情。至少有一点不用怀疑，我将是吸引众人目光的主要焦点。那么，什么考察和研究统统只能见鬼去了。

我的服装和其他人没什么差别，半个脸庞被肥大的汉式帽子遮挡住，在这些人群中，没有人会注意到我。

早上，我在几个随从的陪伴下出发，整整一天，我都在仔细地观察这个集市且尽可能地获取一些商业信息。我买了大量的东西，打算用于回法国时在巴黎搞一个展览。这些东西有毛皮、中药材、麝香等。所有当地出口的物品都让我感兴趣。我也收集了不少各地产的貌似是最畅销的手工制品的样本，为我们的工业制造提供一些参考资料，以便为今后某些能行销云南的潜在商品提供帮助。

整整两天，我在街子中度过了一个完全奇特的时光，这跟我们现在的生活相比有多么巨大的反差啊！宛如生活在古代那些逝去的岁月里，它把我带回了19世纪在那些过往的大市集中，在等待蜕变的过程中已经死掉的曾经的亚洲。

至于古尔德孟夫人，她利用在大理城中逗留的时间继续对中国妇人进行观察。在下面的这一节，我将再次引用她旅行本子上的记录。

驻大理的道台新近丧偶，续弦的是位云南本地的年轻姑娘，她出生于这个落后省份，从未见过欧洲人，对我有种天真般的惊奇。但有意思的反差是她身边的人们，一些寡妇和年轻女子，均来自北京。她们见到我一点都不惊讶。这些人都是上一任夫人的穷亲戚，在夫人过世后，她们被好心地允

许留在现任夫人的身边。

　　这个老实的道台只有一个老婆,但他肯定同时和六七个女生活在一起,这当中好几个都有子女。这样就要求有一所大宅子。一堆的女佣和家丁、厨子及帮厨、马夫和轿夫、负责递送文书的、接送访客的仆从等。在他每次到他处赴任时,这些人跟在后面是浩浩荡荡的一支大队伍。这种事情很常见!一个官员很少在同一任上超过两年。

　　这种情况我们已碰到多次,这些官家人员的出行塞满了路途:主子和最亲的家眷们是坐在轿子内的,女仆们坐滑竿,随从们骑马。骡子是用来驮行李的,队伍浩荡几公里,有时要从中国的这头走到另一头。品级稍高的官员便是像这样出行。听到的最常见的一种说法是,这种出行一次要花 10000 两白银(约合 30000 法郎)。当我们亲眼看到他们出行的人数和行李的数量时,对这种花费的数字就很容易理解了。

　　官员的负担还不仅仅是这些,如果他本人没钱——这种情况经常发生,他不得不求助于朋友。他的朋友借钱给他,把宝押在他头上。官员用这些钱来贿赂和打点京城或省城的权赫们以获得任命。对这个官员来说,要还这些钱就得靠盘剥百姓。没有人知道他们后面的手段是否能回本。那些任命他的人或许比任何人都清楚这点。那么,最终又是谁买单呢?

　　是可怜的纳税人来买单,是老百姓来给这些花费或其他更多的花费买单。官员们用老练的手段让老百姓拱手将钱奉上。老奸巨猾的官员们对治下的百姓会钝刀割肉,自己得了银子办了事还不会让人们嚷得太厉害。但若是他们太过分而搞砸了引起了百姓的公愤,后者告状告到了京城搞得人尽皆知,那么这个官员就完蛋了——其他人会毫不留情地拿这个笨蛋开刀。这种情况下血本无归是肯定的,如果没其他的惩罚还能保住项上人头，那已经是万幸了！

　　大理的道台就是那些聪明圆滑的官员之一。他非常有手腕，盘剥百姓不至于太过分，他的姻亲家族在当地人中给他树立了亲民的形象，所以他没引起什么民怨。她的夫人没什么过人之处，但她给他生了个儿子，在这种地方，对一个女人来说这已是最大的福分了。她的儿子一岁，人们将他抱出来献宝式地给我看。

　　上一任夫人的女亲戚们——那些北京妇人，她们都是我的朋友，非常欢快和热情，一点架子也没有，跟我在衙门里接触的多数妇人类似，她们常常欢声笑语，这个比较不多见！

　　我们谈论上海，谈论所有她们知道的西方风俗人情。她们渴望跟我交流，在这个偏远闭塞的省份，她们极为无聊。她们这种开放的态度，我猜会引起当地的卫道士们的反感。后者认为女人就应该是矜持端庄的，这样才得体。

　　有个十五六岁的小姑娘，讲起话来像小鸟一样活泼，我非常喜欢她。她留着天足，非常幸运的是出生在北京，跟出生在上海和广州的一些小女孩一样已接受了新的观念，摒弃了裹脚这种野蛮的风俗。这在中国内陆的省份我所见到的妇人和年轻姑娘中是唯一的例外。这个女孩的脚小巧又轻盈，一点都没变形，非常漂亮。在沿海的城市中已经有不少这样的例子。现在她们也意识到裹脚对她们脚的生长没有任何好处。尽管几千年来，一代又一代的中国女子，坚持不懈地用尽最好的方法来摧残她们的双脚，而母亲们生出来的小孩，不管是男孩还是女孩，双脚的构型却都是天然完美的。天性也不允许让人类这种反自然的愚蠢得逞。

　　道台一家人中有好几个五六岁的小女孩，她们很不幸地出生在这个落后省份，不得不屈从于这一陋习，只能承受这种折磨。"三寸金莲走路时的优雅姿态谓之风摆杨柳，若不具备此魅力，她们以后根本找不到夫家。"这种观念已深深扎根于她们的头脑中。

我们的传教士也非常清楚，要想让育婴堂中的小女孩避开这种野蛮习俗，就得提前宣布她们是"凯瑟琳"修女①。不过，最终还是得让她们嫁出去以便腾出位置来给其他不幸的女孩。尽管做了这些努力，可还是不能阻止那些妇人们给快满六岁的小女孩进行裹脚。从开始裹脚的那一刻开始，女孩们的足尖就被囚禁在布带里面了。这些布带会一天天越绑越紧，最终会让四个脚趾弯曲到脚掌以下，只有大脚趾是自由的。足背是变形的，这种情况下妇人只能用脚后跟来走路。

虽然脚是残了，但也得穿鞋。如果做得好的话，一只优雅的绣花缎质女鞋，它那小小的鞋底长度连7厘米都不到。这是理想的状态，但大多数的妇人都无法达到这个长度。有必要的话，她们也会作弊，用多少都显得巧妙的方式，让她们的双脚看起来显得更小。

在我频繁出入的知县府上，见到了一夫多妻制（编者注：准确地说，应该是一夫一妻多妾制），这也是到今天为止我所见到的首例。实际上，对中国人来说要娶几房夫人的话花费是很高的，所以并不多见。尽管多妻制是律法允许的且妇人们也无意见。

在这个知县的府上，四房夫人和睦相处组成了他的内室。她们相互之间一点龃龉也没有，对她们共同的丈夫也没有强烈的情感。从早到晚，她们都待在一起，心平气和地抽着水

---

① "凯瑟琳"修女：指的是以公元4世纪的天主教圣女凯瑟琳（Sainte Catherine）为主保圣母的修女。按传统，这些修女在25岁之前要保持纯洁之身，不能受到外人触碰（此处包括借此摆脱缠脚的恶习），但之后这些修女还是得嫁人。

烟袋，跟共同的子女们玩耍，甚至会充满爱意地抚摸其他人的孩子，如同抚摸她自己的孩子一样。她们不发火，也不嫉妒。对我们欧洲人来说，她们这种行为让人非常困惑。

她们非常周到地招待我但却缺少了那些北京妇人的可爱和从容。我也被她们邀请一起晚餐，被同一家里面的四个女主人同时邀请作陪也是挺有意思的。大房夫人有她一定的威权，这是肯定的。但其他几位却也各司其职，每人都殷勤地招呼我。她们穿花蝴蝶般灵巧的筷子从桌上的一众菜碟中挑出最好的食物给我。宴席持续4个小时，这让我最终觉得疲于应付，我的胃也对这些让人无法招架的礼节表示了抗议。

我也结识了当地几个信仰天主教的妇人。她们每天早上都过来看我。清晨，她们去参加教会小教堂的弥撒，像罗神父所评价她们的一样，她们严格遵守宗教的规矩。准确地说，对这些新入教者，这也是必须要做到的。

我的小房间在小教堂对面，弥撒过后，她们就会来看我。她们对所有看到的欧洲的风俗事物都表现出浓厚的兴趣，经常一待就是几个小时。对看到的欧洲物品会进行讨论和把玩，这些东西对于她们来说是如此新奇。我送给她们的一些小礼物也获得了这些小女孩母亲们的欢心。很快，我们的关系就变得十分友好。

与我经常接触的那些妇人相比，这些人的受教育水平还比较低下，她们并不属于社会的精英阶级，后者这个阶层的妇人罕有信仰天主教的。但显然，她们的智识还是超过一般人的。与中国女性性格上的蒙昧状态相比，她们的个性更为突出，已处于一种中等高度的价值观水平。

4月19日，再也没有什么其他的理由在大理逗留了。我们在商业、农业和科技上的信息收集工作也已经完成，是时候向我们尊敬的同胞告辞了。对我们的即将离去，罗神父再三表示关怀和不舍。我们得继续赶路前往省城，以便圆满完成云南省所有通商大道的考察和比较任务。

春光一片烂漫，田里的蚕豆正值盛花期，空气中芳香袭人。到处都在开花，在辽阔的罂粟地里，白花、紫花和艳红的花朵已开成一片海洋；道旁，犬蔷薇形成的路篱仿若一堵堵花墙，散发出醉人的香气；铁线莲的叶簇长势疯狂，其花带有杏花微苦的气息；到处可见开着花的山楂树丛。

犬蔷薇种类极为丰富，一眼便可识别，一些花朵是单瓣的，或是茶黄色，或是白色，另一些花朵是复瓣，颜色为艳红、鲜粉或亮黄色。

层层叠叠的小麦和大麦正在抽穗，在微风吹拂下绿波荡漾。水田里面的蚕豆已经收割，这种蚕豆种植简单，无须事先翻土，只需在平铺到田里的稻草中撒种即可，而且很快就能收获。

第一站路是从大理府到赵州（凤仪），中午经过下关时我们歇息了一会儿。这是我们所期盼的最美好的行路季节。它给我们留下了难以忘记的记忆。可以肯定地说，大理以它美妙的大自然的各种恩赐，成为我所看到过的，地表上最美好的地方！

旅途已显得十分容易，现在我们已习惯了途中的客栈。我们的人已知道提前订好最适宜的房间并提前打扫和整理，在我们到之前准备好热水和火，每个人都有明确的分工！这让我们有一种错觉，觉得在中国，我们除了长途跋涉外，从来没做过其他的事情。

雇的轿子我们从来没有用过，骑马可以更自由地进退和观察，马上还驮有植物标本的册子，这个季节非常有利于标本的采集，几乎每走一步都有收获。

十二匹骡子跟在我们身后，其中的九匹驮着收集到的各种原材料：有布匹、布料的图案模型和一些服饰，有各种在云南出售和买到的商品，有从各清真寺收集到的木雕、书画卷轴、动物毛皮、藏药等等。我们的行李已减少到最大限度，因为事实上我们已是在返程的路上，已不需要带太多的补给，甚至我们正在一天天地消耗掉预先准备的补给。

这是一条马帮通行的大路，沿途的客栈通常都还不错，有时还相当整洁，甚至有时候还能有套房，这太让人惊艳了。在第一站到达的赵州的客栈边上，甚至有一个开满鲜花的院子，在这么美好的一天的旅行之后，这真是令人十分欣慰的一个惊喜。同一天晚上，住在这家客栈的还有丽江府知府的夫人。她从省城方向过来，她是送大女儿去省城与当地一个高官的儿子成亲。我们之前经过丽江的时候她并不在府上。但她收到她丈夫的一封信，里面有提到我们。为此，她非常想认识一下古尔德孟夫人。

　　相互拜访就在客栈内进行。各种程式化的礼节还是要遵循的。我知趣地待在房间里面，这样会让她们感觉更轻松随意。知府夫人看着略带伤感，但她知书达理，言谈举止给人以脱俗之感。她十分乐意表现出对外国人的好感。第二日清晨，她的轿子径直来到她房门外，然后她神秘般地不被一人所见就钻进了轿子，轿帘遮得严严实实，随后就起轿了。知府夫人的轿子往丽江方向而去，而我们，也启程往北边的方向而行。

　　4月20日，昨日6个小时行了约30公里路，几乎一直在坝子内穿行。今日这站路的路程稍远些，道路也更为崎岖。路程有35公里，且要翻过一座海拔2500米的垭口，然后下行到更低和更逼仄的红岩坝子①。在垭口上，视线可以一直延伸到东南方向的云南（祥云）县平坝。

　　红岩坝子比大理坝子海拔低100米，我们明显能感觉到气温上的显著变化。此地的一切都比大理早了整整一个月。罂粟田里的收割已经结束。

　　每五天，当地会有一个很大的街子。今日恰逢街子天。农人们在集市上出售新采的鸦片膏。对于一年的种植来说，这是他们最大的一笔收入。街子上人来人往，各家客栈均住满来收购鸦片的外地人。他们雇

---
① 今为大理白族自治州弥渡县红岩镇。

佣马帮来驮运所购鸦片，接下来的几天，他们将会是我们的同路人。

4月21日，小城云南县在我们前行道路的左侧缓缓向后。我们今日要前往云南驿，这是个常规驿站。客栈的老板服务非常周到。我们睡在二楼的一间客房，房内还摆有供桌，供桌上摆满了香炉、烛台、铜质花瓶及各种佛教装饰物品，香炉内满插香枝。这是一种宗教和习俗上的不协调组合。

我们从老实巴交的村民手上买下了一匹漂亮的黑马，它的体型在当地算较大的了，结实且状态极好。它花了我们32两银子，约合100法郎。

买这匹马是不得已的措施，因为从大理开始我们就没有选择了。从八莫跟过来的马夫，他们跟随了我们去藏族聚居区考察，现在请求允许他们回家，赶在雨季到来之前穿过那些艰险的地区回到缅甸，这是个合理的请求，我们只得同意。在大理，我们已经物色到了其他的马夫随我们去省城。我要了些回族人，他们也是很好的马夫，但他们的牲畜却不怎么行，尤其是作为坐骑，只有一匹体型较小的母骡子可用，它比较适合古尔德孟夫人骑行。

一直到旅途结束，这匹马都表现得既勇敢又温顺且相当好驾驭。旅途艰辛，很自然地，我们得依靠马帮里的这些骡马。在我们眼中，它们吃苦耐劳，忍饥挨饿，耐心地越过一处又一处障碍，登陡坡，攀险道，在溜滑的下坡道上翻倒，又在骇人的地段脱困。同样幸运的是马夫的经验也很丰富。离开云南后，我将这匹勇敢的小种马送给了蒙自的一个法国同胞，就像上次的旅行中，我将坐骑留给了重庆的朋友一样。

云南驿矿产丰富，尤其产铜，但经过一场战乱后，这些矿产的开采都被荒废了。

4月22日，今日这站路相当艰辛，路程至少有37.5公里路。道路穿行在山区高地上行8个小时。这处高地是北部金沙江河谷和南部红河河谷的分水岭。站在上面回望云南驿，我数了数，有70个村子分散在我们刚经过的云南驿坝子上。45个人工塘堰将暴雨时从林木伐尽的山顶倾泻下来的水流分蓄其中，它们保证了整个坝子的灌溉用水。

眼前的景物给我们上了真正的一课！对于文明社会的人来说，大家都知道林木所带来的好处，这些好处激发了人们造林的狂热。然而，这种做法也不是放诸四海而皆准的。相比于那些冒失的毁林狂热，取而代之的是另一种狂热：他们想到处都种上树木。那么，它就必须在一些高低不平的地区先进行土地平整。雨水侵蚀冲积所带来的沙泥将谷壑填塞，扩展了它们的面积并使之肥沃。接下来，谷壑变成适宜人类耕种的平坝，农业种植者代替昔日的林木砍伐者。此处的景物就是一个令人震撼的例子。当地周围的山坡如果都遍植树木的话，土壤将涵养住雨水，然后这些雨水将通过地下砂岩渗透，分别流入上述两条大河之中。这对后者来说意义不大，因为它们的水量已足够大了。相反的是，如果土层不能蓄住降水，暴雨一来，水流带着沙土和其中的有机物，几乎没有损耗地立即冲入低处的坝子，改善了坝子的土壤环境。旱季之时，这些蓄在人工塘内的雨水便能被农人们利用。若非如此，坝子将是一派贫瘠的景象。

今晚我们住在普朋，这是个贫穷的山中小镇。

4月23日，我们向山脊方向前进。到当天的投宿地沙桥有47.5公里路。多亏了沙桥这个小村子中的几户人家，我们在其中的肉铺补充了一些牛肉和羊肉。每站路的驿馆处都能碰到这样的人家，有时是一户，有时是两三户，他们就像扎在路上的路标一样。这些人家靠从数量不少的途经的同教马夫们身上找钱生存。

4月24日，该地的景致有所变化，山坡上密被杉树，一直延伸到谷底，让人误以为是在四川。今晚的住宿地是在Li-Ho（吕合街）①，半路上，我们再次碰到了利顿先生。他从省城走一条新路线前往腾越，目的是考察从大理到腾越常规路线以南的一些地区。多年来，在纵横各个方向上，他来来去去，不停行走。他将会是真正了解云南之人！去年秋天，他已经考察了此地以北的区域，现在，他要去考察南部地区。他的这些活动对他的国家英国将会有极大的帮助。尤其是在这些区域，英国已宣布是他们的势力范围。

在此处碰到我，利顿先生非常惊讶，因为在省城时法国领事已经以"幸灾乐祸"的口吻告诉过他已将我驱逐出云南。

领事将这种特殊的隐私告知一个外国人，会让后者很自然地对我们法国同胞之间的团结性有一种悲观的看法。

我们聊了将近半个小时，最后，我们握了握手，我向这个完美的绅士告了别。我们两人的关系一直都非常好，他给我留下了最美好的回忆。

整个下午，我们穿行在镇南州，它位于一个作物丰茂的坝子当中。当时正是街子天。

4月25日，此地野物众多。离开吕合街的路上，我左右拍打路旁的灌木丛，我的人从栎树和杉树林中赶出了不少雉鸡、野兔，还有几只麂子。到达大石铺②安顿后，我出去小猎了一番以丰富我们的食物储备。

---

① 吕合街（现为吕合镇）：1949年《新纂云南通志》镇南和楚雄地图。[Ebauche d'une carte du Yunnan indiquant les itinéraires des voyageurs qui ont exploré le pays, et donnant le relief et l'hydrographie d'après les renseignements les plus récents] / par Cl. Madrolle 1900 Claudius Madrolle(1870—1949 法国地图学家)资料来源：法国国家图书馆。

② 今为楚雄市紫溪镇菁上行政村大石铺自然村。

大石铺是个小村，并非驿馆所在地，因此我们只能借宿在一所破屋之内，屋内聚了不少吸食鸦片的人。我们俩住在堆满稻草的谷仓内，里面老鼠和松鼠到处乱窜。

4月26日，路旁仍见到一些板栗树和栎树及杉松林。我们沿着一条蜿蜒的小溪前行，溪水北流逐渐变宽，最后汇入金沙江。

已到楚雄府。尽管此地人口不算少，却显现出一幅穷困景象。这是座饥饿之城。城周边的田地看着较为贫瘠，估计产出也比较稀薄，尤其是在这个季节，在稀疏的罂粟田里，人们正在采收着不多的鸦片膏。

我们不打算在楚雄府停留，而更想投宿在远些的小腰站村，为的是避开楚雄府知府的各种询问。我们目前行旅的处境几乎可以说是：不能让我们的总领事堵截我们的如意算盘得逞。因此，我们不得不格外小心谨慎。

小腰站的居民对欧洲旅客停留在他们这个又破败又落后的村子感到很不习惯。我们借宿农家的女主人有个婴儿新近夭折，她不知该如何处置自己多余的奶水，正躲在房屋的一个角落，也不遮挡，在挤着奶水，可怜的女人！她把自己的房间腾出来给了我们，并尽可能地做些收拾，以便让我们在她的破屋内不至于太难受。但是，这么多的人畜住在她家，房子实在是太挤了，而且今天正好是街子天，屋内已挤有不少邻村过来赶街的村民。

4月27日，此地又变得肥沃起来，作物看起来很整饬。山坡上仍覆盖着栎树和杉松林，稻田和菜园层层叠叠蔓延到山箐的尽头处。此处平均海拔为2000米。

这里种的是红花罂粟，这个品种的罂粟所分泌的汁液质量要差一些，但跟白花或紫花罂粟相比，它更能抵御寒冷，可以更容易在贫瘠的土地上存活。

今晚住在 Ke-Tsong① 村。这个村子的房子又脏又破，实在找不到一处能让人接受的落脚处过夜，我们得扎帐篷了。能搭帐篷让我们俩很高兴，帐篷虽小，但里面又干净又私密。如每天都能住在帐篷内，那该是多么幸福啊！但这在中国几乎是不可能的，因为当地官员非常担心欧洲旅客的安全。新出的圣谕规定："外国旅客若在其辖区内与当地人产生任何纷争、诉讼，该地官员将担个人责任。"这让随时扎帐篷的想法变得千难万难。而住在客栈内则会有指派的兵丁和衙役守卫，这个措施会让官员们安心许多。

4月28日，此地海拔1900米，箐内的麦田正在收割。这些麦田是可灌溉的，这里仍种有红花罂粟。野兔和雉鸡也到处都是，对我的人来说，看我开枪打飞鸟真是一大乐事，这也省去了他们花工夫去灌木丛拍赶这些猎物。

这个地方的地势非常高低不平，但林木丰茂，有栎树、雪松和漂亮的亭亭如盖的杉松林。

下午，我们下行到一处小水流边，它也是金沙江的支流，此处海拔1850米。越过水流后，道路上行至 Ta-Tsou-Song② 村，今晚住在此村。该村位置极佳，建于山顶之处，在那可以俯瞰四天来我们行经的一众山垭。这些山峰仍是金沙江河谷和红河河谷的分水岭。要注意的是，未来省城到大理府的铁路不会从这些地方经过。马帮所走的道路是尽可能的直线，他们不大考虑地势是否高低不平，所以更喜欢顺着山脊线走。这点是不应该被忽视的。

---

① 依路线及每站距离推测，此处可能为现在的黑苴街（苴字当地的方言读作Zuǒ，按照威妥玛发音转换，比较接近Ké-Tsong），作者行文特别是地名有可能是听音或誊写的衍误。此地现为楚雄彝族自治州舍资镇的黑苴街。古时候此地设铺，是昆明到大理古驿道上的黑苴铺。文中交代，因作者跟驻滇领事方苏雅的矛盾，为避免沿路官府盘查，从吕合开始，作者故意挑选一些小村子住宿。

② 根据作者行进路线及Claudius Madroll 1900年绘制的地图，此处的地名应为离禄丰不远的大慈寺。

滇西古驿道

在我们的脚下展开的是红河上游的河谷。若是修建铁路,顺着这个河谷倒是不错的选择。一直往上游可到红河源头的蒙化县(巍山),它在大理南边不远处。今后我们将找到一条可行的路线,这一点是肯定的。

◇ 滇西古驿道上的响水关桥(译者摄于 2022 年 10 月)

4 月 29 日,在这美丽的山顶,空气中弥漫着杉松树的脂香,一片纯净芬芳。我们下到了又宽广又肥美的禄丰县坝子。此刻我们已在红河河谷盆地内，它其中的一条支流流经和灌溉着这个坝子。到处都是稻田，蚕豆刚刚被收割，人们正在翻整土地为栽秧做准备。

此地海拔 1800 米，动植物和气候又有了些变化。雉鸡已被鹧鸪所代替。雄鹧鸪喜欢蛰伏在一些高岗之中，经常在坟堆出没，不停地发出吵人的叫鸣声"嘎嘎"，这些倒霉的叫声也引来了枪子儿，再之后，它们就被整齐地排到了烤肉的串子上。

这里气候更热，罂粟的收割已彻底结束。我们从地里捡了些干蒴果，从里面掏出一些白色的籽粒，这种籽粒可拿来榨油。

禄丰县城筑有城墙，是个漂亮的小城，颇为洁净和繁华。值得一提的还有一座令人赞叹的古石桥，上面饰有精美的雕刻。

4月30日，昨日奋力前行至Tao-Yao-Chan[①]，此处是个穷苦小镇，坐落于一个深箐之中。再次度过一夜后于次日凌晨 5 点 30 分出发。从大理出发，我们均很有规律地在早晨 5 点 30 分出发。这种安排是有原因的，在这满是鸦片吸食者的国度，不到早上 9 点，这些人就开始伸懒腰、揉眼睛了。

这站路崎岖不平，我们走的还是上行路线，先要翻过一座山，然后下到金沙江河谷[②]。才说起这，让人震惊之事随之就来了，我们在山沟底部发现一具尸体。这是个偶然发现——是我们的人在追赶一只麂子时发现的。随行人员都认为他是被那些骇人的土匪所杀害并被抛尸此处的。我们那些平时自诩胆大的随从们开始慌张了，他们加快了脚步，尤其是那些护卫我们的兵丁，他们想赶在夜幕降临前到达住地青

[①] 此处是个地名记述的听音小错误，实际应为Ta-Yao-Chan，大腰站，现为禄丰县腰站村，其附近的炼象关自清代以来一直是昆明通往滇西的重要关卡。

[②] 原文如此，但此处表述不准确，作者进入的应该是金沙江一条支流的河谷，是普渡河上游安宁螳螂川河谷。

龙哨①。这是个樵户组成的村子，此地林木茂盛，富产薪材和板材。当地人用自制的简易推车将它们运到省城出售。这种推车用的是实木轮子和木制车轴。所有国家在文明初期的阶段均采用这种传统制法来做车子。

5月1日，下行至安宁州，这里是人们通常歇宿的驿站点，但我们只是穿过此地后前行至邻近的一个小村子投宿。

安宁州商业较为繁华，一条可通航运的河流穿城而过，该流乃滇池的泄水口。安宁州城在一肥美的坝子当中，离省城不远，仅一站路。可坐船或走旱路前往省城。旱路路况也颇好。河上架有一桥，桥上多有商铺，此桥的位置和情形让我想起了威尼斯的商人桥。但此处却很脏乱，人们穿着破衣烂衫，临时搭建的补鞋摊铺和废铁铺看起来既破败又污糟。

城周有小麦田和大麦地，看着是精心施肥侍弄过的，非常整饬。再前行，作物愈发密集，周边布满园子，路上来往之人多如蚁群，各行各业的人都有，不一而足，典型的一派汉式的城郊之景。

5月2日，今日天气适合行路。沿途十分热闹且风景秀美。杉松林中不时隐现庙塔，古桥众多，时不时就有一个哨站，果蔬之园囿和稻田到处都是。再往前，终于到省城了。我一想到有可能等待我们的待遇就不禁心中惴惴，进城的欢喜一点儿也没有了。本来，如果是正常情形下，想到要见到城里的同胞，我们应该喜悦才对，因为跟他们暌违已久了。

幸运的是，去年住的那间讨人喜爱的小房子还是空着。再次入住让人觉得宽慰，尽管当时是短期逗留。就是在此处，我们曾做了如此多的计划和安排，到现在已一一实现。故地重游让人感慨万分，尽管像这种旅行本身就会充满各种未知和艰辛——这包括那些本来可以避免的困

①今为昆明安宁市草铺镇青龙哨村。

难。但我们还是按照既定的计划，圆满地完成了对云南全省的考察和研究。我们完好无损地回来了，小团队也没折损一人。我现在手头上满是各种收集的资料。我们有资格庆祝所取得的这些成果，它们都是我们克服了各种持久的艰难，甚至是冒着生命危险所取得的。

法租界内没什么变化，有几户法国人因铁路的考察工程而新来定居。除了 M.CourCelle 被驱逐，邮局的总监也已回法国。我们的朋友们不顾政治上弥漫的硝烟，大着胆子来向我们问好。再之后，我们联系上了那些关系较好的朋友，再次重逢让他们格外惊喜。他们向我讲述了我离开后所发生的一些人和事：总领事告发了我一些事情，为此云贵总督责令知府展开调查，最终却证明我是无辜的。

5月6日，出发前往东京。我们所走的并非去年来时走的那条路。我的目的是沿途再观察一些未知的区域。还有另一个重要的原因是：铁路路线的规划有了很大的改动，从省城到蒙自的铁路线将途经阿迷州（开远），即从人们所说的"小路"。因此，去查看一下新路线所经区域并将它们同原先规划的路线所经的地区做一比较，显得相当重要。

昆明坝子上各种收获和播种活动在同时展开，因为蚕豆秆和罂粟秆从田里面一经拔去，便马上要开始准备整顿稻田了。很快，人们又开始收割大麦和小麦，它们那熟透的、沉甸甸的颗粒给被压弯的穗子布上了一层金黄色。后面稻谷成熟时也会有此番景象。

农夫们手拿结实的锄头正在翻地，锄柄很长，约有1.35米，这就不用像我们的农民一样弯着腰劳作。他们将大块的泥土翻开来，晒干，使之裂开，像这样让风吹几天，之后往田里放水。泥块泡在水里慢慢消融，再加上水牛的踩踏和耕耘，最终让它变成糊状。所有这些都是栽秧前的准备工作，非常巧妙，也完全符合土壤的特性。

鸦片和蚕豆也全部收获完毕，人们正在晒场上给蚕豆去壳。晒干的蚕豆秆被石碾磨成屑粉状，拉碾的是水牛或黄牛。碾好后，人们将这些浅灰色的屑粉拌以荞麦或其他的料子,用来喂猪。

罂粟的种植还不到耕地总面积的 1/5,另外 2/5 的土地用来种蚕豆,剩下的则是小麦或其他作物。

走了一天,我们到了七甸,这是个地理位置十分便利的小镇,镇上众多的废墟表明了它过去比现在繁华许多。在这个小土坡上,林木众多,有朝一日铁路通过的话,它会有一个光明的未来。

5月7日,天气温和,甚至有点凉。昨晚的气温是15摄氏度,今早出发时,温度计显示是10摄氏度。走了两个小时后我们翻过了一座垭口,垭口另一侧是一道山箐,蒙自过来的铁路线将顺着山脊而过。

从低陷的山箐到比它高不少的昆明坝子,那儿也将会是铁路修建最难翻越的一处地方。站在山顶,视线被一美丽的小湖所吸引,景色非常像瑞士。小湖叫汤川(阳宗海),它所在的小镇跟它同名,镇内有不少温泉。我们再走一个小时将会到达该镇。这些温泉因对风湿病有很好的疗效而出名。一些泡池修得不错,而且它们是室内的,这让泡澡之人脱衣服时可避免被人偷看。

当地的作物非常丰茂,人们养了很多的山羊和水牛。周边的山坡被开辟成阶梯状,用于水稻和罂粟的种植。

此地的人们也用锄头翻地,一群从贵州过来的劳力在此讨生活。他们身体健壮,干活卖力,将来修筑铁路的话他们会是优良的劳力。

离开坝子,我们开始爬山,翻过此山后就是宜良县。到山顶后我们停下来歇息。歇息处一片光秃秃的,附近也没水源,而且在这个季节的中午,太阳已经比较毒辣了,晒得人很心烦。马夫们选错了地方,如果再稍往前走点路,本来是能找到一个有树丛和水源的地方的。但是,我们的马夫们也是第一次走这条路线,他们对当地的情况也不清楚。习惯上,他们都走商旅经常走的经过通海县的大路。我估算了一下,走大路的人流量是我们这条小路的约六倍。

宜良城

　　一行人跌跌撞撞地下行至宜良县，到达县城时天色还很早。宜良城外面看着还不错，它建在一座小丘陵上，俯视整个坝子，城周筑有围墙，城内高处建有寺庙和楼塔，这些事物给这座小城平添了一种雅致的风貌。它所处的位置也十分优越，在坝子的中央。Ta-Tchien-Jiang流经此处并灌溉着这个肥美的坝子。一些人工修建的塘堰用来蓄积从周边山上流下来的雨水，水被用来灌溉。我们看到一大群鸭子，有几千只，被赶鸭人赶着四处游走。夜晚，他们就睡在一些树枝和芦苇搭建的窝棚内。赶鸭人驱赶着这些闹哄哄的家禽往河塘方向而去，鸭子们在水中欢快地扑腾，不时潜入水中寻找淤泥中的食物。鸭子的饲养在中国南方是十分普遍的，这也是宜良县的一个特产。当鸭子长到大小合适的时候就会被宰杀，它们被从中间剖开，分成两半，然后压平，涂抹少量的食盐后风干。这种食物易保存且味道很鲜美。

◇ 宜良城一角

宜良城

　　小城内有很多欧洲旅客，这些人是铁路公司的职员和工程师们。他们将最终结束对新路线的勘察和研究。他们中的一部分人被安排住在一座供过路旅客下榻的寺庙内，但这个寺庙太小，住不下所有人。当地官员想征用另外一座寺庙，但这一座寺庙仍有当地人在里面烧香拜佛，为此，当地人提出抗议，一些小孩已经朝庙内扔石头了。对寺庙被强占，城里的一些老者组成了请愿团，他们手无寸铁，也没有辱骂，但强烈表达了他们的不满。事件慢慢发展得比较激烈。我太想上前去叫我的同胞们住到城里的客栈里去了，或者就在周边的空地上搭帐篷，避免发生类似的纠纷。对这些铁路职员来说，这是很容易办到的。修建铁路通常都是在郊野，他们应该习惯于扎帐篷住宿的。

　　该事件非常令人恼火，我重申一遍，因为在精神状态上它会带给我们很恶劣的影响，并引起大规模的排洋活动，尤其是会引起当地人排斥铁路修建这一潮流。

　　5月9日，大雾中我们离开了宜良县。天空下着细雨，温度计显示是23摄氏度。路上经过一些果园，园内种有枣树、石榴和桃树，它们开得满树繁花，除此之外还有板栗树。一条小溪流上铺着栅状的木桥，毁损非常严重。

　　跟往日一样我们又开始爬山了。爬升的高度比下面的坝子高出300米，然后下行至一块辽阔的喀斯特台地，台地从眼前一直延伸到贵州省。发源于Hi-Hsing[①]州的八大河绕着这些岩石台地蜿蜒穿行。在这崎岖不平的石灰岩盆地上，八大河肆意绕弯，迤逦往广东方向而去。

　　在云南做地理考察的首席工程师Leclerc先生，为定义这些台地上的岩群找到一个非常恰当的表达，称它们为"废墟状岩石"。实际上，这些岩石样貌各异，像是废墟之城，或是孤立的城堡废墟，抑或是石

[①] 此处指的应该是南盘江，发源于曲靖市乌蒙山余脉马雄山。南盘江在不同河段有不同的叫法，在宜良附近以前叫大清江（文中发音所示），而靠近滇桂交界附近河段也叫八大河。

柱。这些是雨水在冲蚀了岩体上端的黏土层之后又从根部进行侵蚀所形成的。

从刚翻越的垭口望出去,视线一览无余。远处的地平线上,千姿百态的岩群组成了岩石海洋。与南斯拉夫的达尔玛提亚的喀斯特地貌相比,它们的形貌更奇特,也更动人心魄。

当地也有一些优良的草场,场地上满是绵羊、山羊和水牛,也有些骡马。在我们到达的路南州坝子上,我们见到了几群母马和小马驹,它们正在欢快地吃草。小马们正在奔跑撒欢,它们绕着我们的队伍又蹦又跳,引起了马帮的一阵小混乱。

路南州又小又穷困,远称不上大城。它的城墙坍塌,街两边的房子也破破烂烂的,街上的人群衣着褴褛。然而,路南坝子水源充沛,灌溉便利,土地肥沃。一些堤堰将溪水和塘水蓄拦起来,用来给磨坊提供水力。到处都有水,到处也都有牧场、园囿和稻田。如果我们的铁路经过此地附近的话,路南州的复兴是有希望的。但是,新规划的铁路线路将它抛在了一边。

新的线路让很多事物靠边站了,但是出于技术上的考虑和建立一条常规条件下的路线并在此基础上进行开发和建设,这些因素显然已经占了上风。

出了路南城,在一座寺庙内我们发现了一些很精美的石刻:有青蛙头像的女舞者,有花儿和一些有象征意义的景色,这些都是当地手艺人的原创。所有这些都展示了一种优雅的艺术和快乐的天性。

继续往前,顺着那些由废墟状岩石组成的台地,我们又开始了上行路。

一些漂亮的杜鹃树开着洁白无瑕的花朵,让人赏心悦目。边上犬蔷薇的花朵形态各异,色彩斑斓,香气浓郁,似乎在跟杜鹃花争奇斗艳。我们在一棵茂盛的核桃树下停下歇息。骡马们被赶到边上的塘子里喝水,塘水浑浊,骡马们不停地喷着鼻息。此地海拔 2000 米,午后的阳光却依然炙人。要不让牲畜们在塘子里洗个澡? 我们也好小睡一会儿。

晚上我们睡在大麦地村,这是个由樵户组成的村子,富有山野之趣。

5月10日,今天赶往弥勒县(今弥勒市)。这段路途很怡人,路上作物又多了起来。该地地形高低不平但景色优美。一些小峰丛让人感觉宛如身处东京北部,但这些山峰上更多的是榛子树而非荆丛。

一些彝族妇女正在地里干活。她们双脚结实,体型健美。她们中的一些人正在采割罂粟最后的蒴果,另一些正在翻地、松土,为夏季作物的种植做准备。

又见到了水流和磨坊,一大片参天大树环绕着Khouan-Kiou-Sen[①]村。再之后,当地的景物开始有变化了。山坡上是层层梯田,村子众多,再远处便是弥勒县,那里海拔更低,气候更热。首先映入眼帘的作物是甘蔗,植被明显有了变化。

又是一座位置很优越的城市。如果不是铁路线路从它西边擦身而过的话,它本应该变得更为重要。哎!弥勒城建在坝子的中央,坐落在一块大土丘上。彝族是当地的主要民族。

5月11日,所有我们经过的驿站都有几户回族人家,有时是两户,有时是三户或十来户,而此地有二十多户。早上我收起帐篷启程时,天气比较凉爽,温度是21摄氏度。我们过桥穿过一处溪流时,路遇一些大黑牛,它们拉着吱嘎作响的板车,正从另一个方向过来,貌似要跟我们抢道。它们的眼神落在我们的骡子身上,这让后者有点惊恐,然后是这些黑牛,它们也感到了惧怕,这种双方交织的恐惧导致牲畜们都定住了,然后是一片混乱。

而此时,我却乐得在边上观察这些憨厚的牲畜们,它们的体型跟我们国内体型最大的牛相仿,至少有700公斤重。

---
①应为现在的弥勒市西三镇花口村。作者的书写主要还是听译或誊写的小错误。

当地女子的服饰非常艳丽：粉色的裤子用绑腿紧缚在脚踝处，蓝色的上衣上有齿状图案且饰有绣花；年轻的女子们戴有彝族样式的帽子，帽尖上饰有小小的银质铃铛，显得很柔美。这种帽子类似于我们上流社会在假面舞会中所戴的帽子样式。

这些女子大大方方地送给我们一些野果、黄泡，作为回赠，我们拿了些铜板给她们，她们羞涩地收下了。

近中午时分，我们下行到达了竹园坝子，此处海拔要低得多，约为1300米，气候更为炎热。这里是甘蔗之乡，连续三天，我们都穿行在这些值钱的"芦苇"田中。甘蔗是当地最大的资源，几乎是唯一的作物。

竹园是个重镇，它因糖贸易而兴旺，这里有一个很大的集市，我们在集市上看到了很优质的红糖，这是当地的特产之一。

5月12日，坝子里的人们正在扞插甘蔗苗。可看到这里的地被分成块状，插条非常歪斜，间距大约为25厘米，行距大概在1米。插条被种在深度为40厘米的坑中，坑内的土被挖出来堆放在边上，以便后面进行培土。

坝子中有一条溪流蜿蜒流过，驮畜们卸下重物，蹚水而过，而我们和行李物品则坐船过溪。往前走，坝子越收越窄，几座小山包矗立在前路上。山包上种有板栗树和其他的一种杉松树，再远一些，坝子又复变宽。层叠的甘蔗田又开始出现在视线中。到达朋普村后，我们停下歇息顺便吃中饭。当地居民看来不是那么友好。离开丽江府后，这是第一次，也是整个旅途中的第二次：我们听到顽童们喊我们"洋鬼子"——意思是外国魔鬼——这是被认为带侮辱性的词语。但我们以中国的方式来处理，假装什么也没听见就走开了。晚上我们住在一个叫Koui-Tien[①]（楷甸）的小村内。村子没什么看头，除了唯一的一处点缀———汪清潭，潭水很深，边上有一些百年老榕树倒映水中。

---

①今为红河州开远市乐白道街道楷甸村。

5月13日，仍旧是甘蔗田，但它们越来越稀，很快就见不到了。再一次，我们到了八大河边（南盘江）。此处的海拔又有了变化，导致眼前的景物也跟着起了变化。

　　此处河面挺宽，海拔为1140米。我们从一座看着很古旧的桥上穿行而过。桥两端的墩基上建有亭阁，上覆优雅的瓦面，吊桥上的小路从其下穿行而过，与前面见到的一些桥是一样的。河水很清，这也告知了我们，在海拔较高的地方，真正的雨季还没有开始。

　　再往前走，我们就进入了阿迷州坝子。坝子海拔更低，气候也更为炎热。此地的平均海拔是1200米，仍有甘蔗种植，但除此之外还有其他作物。因为当地要给矿业中心个旧提供粮食蔬菜，尤其是蔬菜的种植让当地人颇为骄傲。在这个季节，不少骡马载着满满的茎蓝走山路前往个旧。进阿迷州城内经过一些园子，我们注意到有一些正在开花的金合欢。

　　阿迷州州城比蒙自小多了，城被狭小的城墙所紧围，略显冷清。相反的是，城郊看着却十分不错，沿城边已经修建了一些房子，它们是供修铁路的人员使用的。

　　离开阿迷州坝子继续前行，开始攀爬到达蒙自前的倒数第二座山。过了这座然后翻过最后一座山就是蒙自平坝了。我们上行至一海拔为1500米的垭口，上面树木稀疏，然后马上开始下行。

　　今天的行程我们做了些变动，若是按平常赶路，今晚便可到达蒙自。但今晚我们会在一个叫Ha-Lonh-Po（卧龙谷）[①]的小村子投宿。在这个村子，我们找到一所土夯墙的新建小屋，屋顶是晒台，相当清爽，住在里面极为舒适。

　　村民都很好客，他们送来了鸡蛋和鲜美的火腿。

　　5月14日，今天我们平静地穿行在漂亮的蒙自坝子上，天空湛蓝，

[①]Hs-Long-Po（卧龙谷）：据《新纂云南通志》中的开远地图判断，这里当时名为阿龙古村，地名发音变迁，现为红河州开远市羊街镇卧龙谷村。

四围一片绿意。道路很平坦，不像往日般崎岖。

在一个几近干涸的小湖边，我们停下来休息。一些渔民在湖中的淤泥中蹦来跳去，他们正在围捕湖中幸存的最后一些小鲤鱼。他们用的网相当巧妙，状似我们的棋盘。

坝子的这一片田地种有很多高粱，高粱用来酿酒，这种酒口感不错，不像麦子或大米做的白酒，有股焦臭味。

终于，我们到了蒙自城。才短短几个月，这里发生了挺大的变化：约150个欧洲人，因为修建铁路的缘故已定居在此地，这些人形成了一个聚居区。

不少人是举家住此，街上能看到一些年轻的欧洲女子、少女和一些小孩。当地的社交生活也已形成：晚宴邀请、打网球、骑马、互相拜访喝下午茶，还有各种调情，有人结婚，有人生小孩。

一些新建筑没什么规章地建在欧洲人聚居区，它们围绕着领事馆和邮局，后两者也是在我们离开时修好的。同一时期修好的还有医院。医院的建筑外形很漂亮且有一堵巨型围墙将其团团围住。

我们来的正是非常时期。个旧的矿工们正在暴动反抗官府，局势将变得越来越糟。但是中国的城市都是有防御工事的，城墙上有人守卫，城门紧闭，从山上下来的暴动者想进城抢劫却无法攻入城内。碰壁的他们极有可能像1898年那样，为了发泄愤怒和沮丧，调转矛头去攻打那些散落在坝子中的欧洲人建筑。这些建筑缺乏整体的规划，也没有像样的防御。

此时的我们正在印度支那里昂商会办事处经理的家中做客，他家的房子最有可能受到攻击：首先，他的仓库中存有大量商品，这会非常吸引劫掠者；其次，仓库内存有大量的柴油，这事人尽皆知，这也很利于劫掠者纵火。

今晚的形势还不是十分紧急，人们摆了晚宴庆贺我的回归，晚宴平安度过且准备得相当不错。

宜良城

5月15日，早上一醒来便听说局势恶化了。惊慌失措的蒙自道台给法国领事馆送来了武器和补给，为的是临时武装一下欧洲人。但装这些东西的箱子却被招摇过市地给抬了过来，这下所有人都知道了里面装的是什么，给当地老百姓造成了一种很坏的印象。

另一边，各种煽动性的布告也张贴了出来，上面说下午2点暴动者会攻过来，这根本就不想让人安心。

上午快10点时，领事宋嘉铭①先生传来了消息：说道台请欧洲的妇孺们去他安排的地方躲避一下，那里位于城中心的一座寺庙内。但是，难道我们就这样把妇人和孩子扔给中国人保护吗？所有的欧洲女子都拒绝了这一提议。大家认真商讨了对策以防万一，但我们又该怎么应对呢？所有人都集中起来躲到领事馆内或是躲到公共工程处的主建筑内吗？后者的房子在修建时还是明智地建了些瞭望塔。可是，就这样把我们的房子拱手让给那些暴动者洗劫和纵火烧毁吗？就算最终那些暴动者没有下山攻打过来，但充斥在城内的那些大量的败类人群、赤贫者和流浪汉及土匪，他们分分钟就可以摇身一变，成为新的"暴动者"，然后肆意地劫掠和纵火。所有人都犹豫着下不了决心，这个决定责任过于重大。另外，若是大家相互分散，其风险是可能再也汇聚不到一块了。假如是在夜晚遇袭，坝子四周都是稻田和坑洼的地面，根本无处可躲，领事馆和那些小小的工事也无济于事。

形势过于复杂，也过于突然，得冒各种各样的风险，怎么办？

大家七嘴八舌，各自提建议。当前可以明确的是：跟省城联系的电报线已经被切断了，驻滇总领事已给不了任何指令。但另一头，连接东京的电报线还是完好无损的，但后者给的指示是不要卷入云南的事务中去。（哦，典型的法式官僚做派！）宋嘉铭领事此时勇敢地承担起了他的责任，他以自己的方式，尽一切可能让大家避免恐慌。但他个人真的责任重大，他对他辖下的所有人一视同仁。在这危急关头，

---

① Camille August Sainson 时任法国驻蒙自领事，《南诏野史》的法语翻译者，1900年获法国汉学界的儒莲奖。

大家都应想尽办法以便分担一下他的忧虑。

庚子拳乱事件中，义和团的残暴还让人记忆犹新。这种记忆所激起的恐惧和担忧是很正常的，尤其是对于女人们，这完全可以理解。

另外的坏消息是：各家仆从们都跑走了，他们均人间蒸发了——这些可怜的人们都躲到城里去了。他们很清楚，麻烦来时他们会是首当其冲的目标。最终，自保的本性占了上风，他们选择了逃离，毫不留恋地逃跑了。

"马夫，牵我的马来。"没有马夫了。"花工，摘些草莓过来。"花工也不见了。"跑腿，将这封信送到领事馆。"哦，跑腿的也不在了。所有人都在承受着这种孤立无援、缺乏保障的境况。

祸不单行，这次是关于我们自己的坏消息。我们的马夫被吓着了，但我们那些忠诚的马夫愿意继续跟着我们，他们在领事也在场的时候表达了这种肯定。但是，另外一些马夫，他们才是这些牲畜的所有人，却拒绝前行。

老实的 Joseph[①] 面对这新的困境也被吓怕了。他在 1900 年的事变中已饱受折磨，他也曾追随亨利·奥尔良王子一行经历九死一生。此时他告诉我们，他不想再次冒险了，他现在已为人父，他要的是难得的平静和休整，我们一再恳求他也无济于事。

而且，这个形势还让我所有的照片、日记等都处于危险之中，这些东西不值钱，但却处于那些愚蠢的劫掠者和令人不安的有可能的纵火的威胁之中，一想到这些我的心便揪了起来。18 个月的努力如果被付之一炬，两手空空地回国，到最后只会沦落到像这般说："这些我也有过，那些也是，只是被烧了，被毁了。"可想而知，如果这样，我那关于这些遥远地区的描述会受到怎样的质疑。

用 12 头骡子将这些东西运到领事馆吗？这是不可能的，时间是如

[①] 此处的 Joseph 应该指的是信仰天主教的中国人，Joseph 是他的教名，因信教，所以跟神父学过拉丁文或法文，所以能担任此书作者及之前亨利·奥尔良王子一行的通译。

此仓促且也没人愿意帮助我们。挑其中的一部分带走吗？我们也没有这个时间挑选。那么，只能听天由命了。

所以啊，这种时刻真的是让人各种心焦。今天夜里开始大家将轮流站岗，有必要的话，对这些付出辛苦和耐心所取得的成果我们就得进行捍卫！但这种抵抗希望也不是很大，也不能持久。孤立无助如我们，能指望的，充其量只有5个人。古尔德孟夫人明白一切，她也准备抵抗这些匪类了，尽管她手上什么武器也没有。

入夜，一些中国商人也朝我们房子附近的防御工事走过来。他们跟里昂商会的代办有交情，所以强烈要求来此避难。此处有城墙防卫，还有一些兵丁守护，他们武器精良，甚至还有小炮。

我们不可能放弃自己的位置，所以拒绝了这些中国商人，如果他们顺着梯子爬上来，然后一窝蜂地下到工事内，将把我们挤出去。我们把桥砍断了。

夜幕降临，我们还是较欢快地用了晚餐。法国人的性格是不管遇到什么事，饭总是要吃的，越是逆境越要懂得怎么化解。光是担心有什么用呢？此外，难道我们就这样被打倒吗？或许什么都不会发生呢？

夜黑了，狂风开始怒嚎。凌晨2点才有月亮升起来，这对我们是有利的。因为就我们所知，中国人更喜欢在月明之夜来做这种"壮举"。那些炮兵们不喜欢在白昼打战，也不喜欢在乌漆嘛黑的夜里进攻，他们喜欢在明月夜下展开攻击，这一点跟豺狼和鬣狗是一样的。

我们决定脱了衣服上床去睡觉。该来的就让它来吧。夜里近10点，响起来几下枪声，他们来了！不，这是城墙上站岗的兵丁在朝天开枪给自己壮胆。一整夜，时不时就噼噼啪啪地响起一阵或密集或稀疏的排射声。

这种状况让人心烦。它会让我们陷入迷惑中而造成致命的后果。在这种危急关头，只在外面放哨是没多大作用的，而且非常扰民。另外，用这种时不时用排射的方式保持警惕，最后会让人失去耐心。没什么比错估形势和无的放矢更容易让人懈怠和消沉了。

一整夜就这样过去了。然而，我们已能很好地得出一个结论：如果连续几天像这样闹的话，就是那些最坚定的人也会受到影响而失去冷静，女人们尤其是母亲们更是抱怨不断。一想到天朝那些让人无法形容的暴行，她们就对孩子们万般担惊受怕。这些暴行，一些当事人已做了骇人听闻的描述。这些描述中也有他们丰富的想象和多多少少夸张的成分在内，却还是给我们留下了根深蒂固的印象。尽管我们坚决地不这么认为，但它们却是总出现在西方人的认知当中。

　　本来他们（针对总领事方苏雅）只要采取一些基本的预防手段就可让同胞们避免类似的担惊受怕。就目前这个形势将带来的后果也解释了为什么我们认为这种渎职是一种犯罪，是不可被原谅的。而我们省城的总领事，此刻却在操心着其他的事情，这种对形势预判的失误，他是唯一的责任人。我再重申一遍，就因为他反对做一个全盘的规划，在此规划内，一些可能突发的事件本来是可以被预判到的，但他却以当地官府会保护我们为借口而置之不理。而让事情显得更荒谬的是：他曾推脱说对当地官府不信任，所以对他们自己要实行的一些计划或其他都不想让后者知道。这些计划因此变成了领事馆、公共工程部的工程师们和其他计划制定者之间私底下的一些联系。

　　5月16日，留下来的马夫们昨晚过来帮我们把行李装好了，我们马上就要离去，没什么理由再让我们留在蒙自了。我们又多装了些这次长途旅行考察所收集到的成果，对此，我们也知足了。所有仆从里面只有男仆阿桑留了下来。从东京开始，他就忠诚地追随我们去了所有地方。他非常勇敢，昨夜也坚守岗位，在院子里面站岗，而今天，他将会是我们这一行人的总管。

　　新的马夫正直又老实，他们的牲畜都很出色，这让我们上路一点阻碍都没有。天气也很好，今天这站路要走到摇头村，这是我们去年住过的地方，是我们在云南陆路上的第一处投宿地，也将会是最后一处投宿地。

这也将会是最后一个凉爽之夜！明天，等待我们的是红河谷那令人窒息的气息和东京那炎热的气候。

一整天在路上我们都碰到了掉队的士兵，他们三五成群，一个接着另一个，不少人手上拿着旌旗，腰上交叉别着鸦片枪。个把人身上扛着枪，另外一些人背着弹盒，这些辎重可是得大家均摊的！还有一些最年轻的士兵，看着很羸弱，手上什么东西都没拿，走路步态缓慢迟滞。这些是被蒙自道台紧急召回去支援抵御暴动矿工的边军们。我们担心如果有暴动者从旁边经过的话，这些军人马上就会加入后者的队伍。只有在这种事上他们才不含糊，这样我相信我们面对的才是"真正"的远征军。①

我承认，在揭穿事情真相这一点上，我一点都不担心后果。今天，假如有500个装备精良、训练有素的军人的话，他们就可以放心大胆地跑步前进着去占领云南。

但问题并不仅仅是占领。

我希望，很快，我们自己的守卫可以被允许负责铁路的安全，而且希望这一切能和平地进行。守卫的组成不管采取哪种方式：或是法国军官和士官领导下的中国民兵，或者完全是法国人的军队。我们知道怎样去保卫我们的工地，这很简单。中国官方也会乐得将这个负担抛给我们，只要事先征询他们一下就够了，但可能有必要先警告他们一下。希望不需要采取其他更强烈的手段，我们可不想为此而发生流血冲突。

5月17日，此刻，我们要下著名的"万级台阶了"。红河再次出现在我们的脚下，这儿也是我们去年最后一次看到红河的地方。念及

---

① 人们之前有谈过7万名步兵和炮兵的事情。下面的这个小细节是从他们的主将嘴里亲自说出来的："他并不想再次去谅山前线，从而暴露自己。但在收到来自蒙自暴动惊人的消息之后，他抛开了自己'小算盘'的想法，组织和装备了一只远征军，准备一接到命令就跨过边境。"

此，我们感慨万千。现在，我们的任务已经完成了，此时的我们又回到了去年那个河港。

我们运气很好，在蛮耗我们找到了一条正要起航的帆船，再次登船已是轻车熟路了。船划开河面，向着东京，向着法国的前哨站而去。在那些热带丛林的绿色海洋中飘扬着的三色旗似乎从来都没有像现在这么漂亮和欢快。

真正的返程之旅开始了。首先是穿过东京，次日展现在眼前的是比之前更为漂亮和繁华的河内。再之后，是中转地广州湾。此刻，我们所处的就是1898年中国政府租借给我们的土地，从战略角度来看，它的位置十分优越：它的港湾保证了我们的舰船在远东有了一个很好的停靠点；作为前哨站，它辐射了整个印度支那的殖民地；它跟东京有电报线连接，离东京煤矿所在地也不远。

另外，它的地理位置也是通向中国南方各省份的入口，目前它仅仅是一个小小的殖民地雏形。但未来，它会有巨大的发展。

我们这个新租借地的民事管理官员中，有位榜样官员值得一提：Alby先生，他是广州湾租借地的主官。他做事兢兢业业，不遗余力，凭着他丰富的殖民地管理经验，正在加快对当地的组织和开发。他是个罕见的例子。他牺牲了自己的前途，只想推进他的工作，他所要求的只是在这个岗位上能待得更久些。而这里，其他官员们可是不那么愿意待着的。

目前，当地确实还不那么美好。这里气候恶劣，让人难以忍受。对海军陆战队士兵来说，这是个凄凉的驻防地。他们驻扎在一个近乎荒漠般甚至是有点过于严酷的海滩上。这里过于烦闷和无聊，他们要求邮寄书籍和运动设施。《法兰西女性》杂志在那会很受欢迎。在这种凄凉的孤独中，在这偏僻之地，他们的精神状态是沮丧的。

他们的营地和军官们的房子修在珠江入海口的右岸，而那些民事建筑则位于左岸。军事区域是禁止外出的，士兵们完全无所事事。而且因为在这种令人消沉的气候条件下，士兵们必须节省体力，所以要减少军事训练和其他体力活动。部队的这些男人们在精神上完全处于一种狂躁的状态。如果找不到解决办法的话，这个地方过不了多久就会爆出一些令人遗憾的丑闻事件来。

而在民事区域，一切都已开始井井有条。一些规划合理的建筑矗立了起来，有主管官员的办公楼和住宅、学校、农业服务部等等，一个公园正在布置当中，还有些漂亮的街道正在辟建，土地在平整，海滩在进行清淤和排水。

为便于通风和排水，一个风景优美的村子被从中间剖开。对于这些新的治理，当地的村民是欢迎的。因为这改善了他们的生活条件，而不像中国官方只知道征税和任意盘剥他们，却什么也不为他们着想。当地人丁增长了不少，这一切都让当地人看到了希望，如果继续施行这些良好举措的话，用不了几年，当地人就会迅速改变这个地区。这将极有利于我们积极地发展同广西、广东和西江盆地的商贸往来。

除了广州湾，还有香港，每次在我们缺席一段时间回来后，看到它总是获得一定的进步。这次是在九龙区，英国人花费了最大的力气来治理它，一些大的改善措施已经施行，新码头配备了各种设施。

我们坐了一艘英国的货船前往上海。在那儿，我们看到的也是一座持续发展和进步的城市。才过了几年而已，这是何等惊人的飞跃啊！

这之后我们又前往中国北方——天津、山海关、Niou-Tchang[①]等。现在到的是旅顺港和达里尼（大连）。山雨欲来风满楼。美、俄、日的战舰已集结在黄海，一些正在酝酿的大事件呼之欲出。日本军队1900年在中国所获得的成功受到极大吹捧，这让他们有点飘飘然，认为自己什么都能做。到处都在断言，在一个确定的时间，也就是今年10月份，日本人将不惜诉诸武力，强行要求俄国人撤离满洲里地区。

之后到巴黎要坐18个日夜的火车，必须要完整地坐着火车走完全程，对着这些在眼前一一展现的无尽美景，才能对这惊人的疆域或对俄罗斯帝国的辽阔有一个准确的概念。

---

①指的是当时的口岸城市辽宁营口。

日俄战争将会如何发展呢？俄国在人力和金钱及所拥有的资源上都优于日本，所有这一切都让人相信，俄国将会战胜他的对手。

这一切也可让人设想，日本人将要花很多年的时间才能从战败的贫弱中走出来。它那失控的贪婪也因此将暂时得到遏制。

这些对我们的印度支那也是一种保障。日本人好像正在觊觎我们那些适宜种植水稻的地域。我再次重申：眼下我们还有时间来认真组织我们殖民地的防御，我们必须未雨绸缪，让自己立于不败之地。

对此，按照优先顺序，对我刚游历的云南这个美丽的省份，我们应不遗余力地加大对它的开发和投入，尤其是在云南的防御力量上的投入，这点强调再多次也不为过。

在上述这点上，并不是因为云南将会是我们的一个重要的区域那么简单，而是因为我们已目睹它的那些宝贵的、可以为我们所利用的资源，对我个人来说，被要求去考察它，我感到很荣幸！

对于我们在亚洲的命运，云南将扮演一个重要角色。这点，今天我已深信不疑。为了让大家明白这点，也为了让大家能欣赏云南，我将为此不懈努力。云南也是一个拥有伟大前程的地方！